novum pro

Om Patrick

*feel*schicht

novum pro

Bibliografische Information
der Deutschen Nationalbibliothek:

Die Deutsche Nationalbibliothek
verzeichnet diese Publikation in
der Deutschen Nationalbibliografie.
Detaillierte bibliografische Daten
sind im Internet über
http://www.d-nb.de abrufbar.

ISBN 978-3-99107-208-9
Lektorat: Christina Eckhard
Umschlaggestaltung, Layout & Satz:
novum Verlag

Gedruckt in der Europäischen Union
auf umweltfreundlichem, chlor- und
säurefrei gebleichtem Papier.

www.novumverlag.com

Prolog

Ein Buch, bestehend aus vielen Schichten von Gefühlen.

Liebe. Lust. Angst. Scham. Freude.

»Es zehrte mich auf, zu schreiben.
Und kostete mich all meine Liebe.

Widmung

Für Ben und für Tom

Sie hatten Tränen in den Augen.

Als ich ihren Hals mit meinen Fingerrücken berühre, sehe ich nur ihr Haar, wie es weht und wiegt. Die Sommernachtswärme aus dem torfigen Untergrund kitzelt sanft an meinen Armen hoch. Dieser leichte, jedoch spürbare Aufwind ist es, der ihr kastanienbraunes Haar zum Tanzen bringt. Ich bin absolut fasziniert davon.

Hier.
In der Mitte des Waldes.

Sie folgte mir ohne zu zögern. Meinem exzentrisch-spontanen Vorschlag.

77 Minuten zuvor.

Kalter Schweiß

Zusammengekauert liege ich da. Lehne zwischen den beiden Wänden, welche die Ecke meines Wohnzimmers bilden. Mir ist so kalt, der eisig kalte Schweiß lässt mich zitternd auf dem kalten Boden kauern. Warum liege ich da und warum weine ich, während ich darüber nachdenke? Ich weiß es nicht. Kann kaum einen klaren Gedanken fassen. Immer, wenn die Klarheit fast ganz da zu sein scheint, verschwindet sie wieder im Nebel.

Um mich herum ist es dunkel. Eine dumpfe Lichtstimmung liegt im Raum. Dieses Licht, das den Raum nur vage durch die Löcher der heruntergelassenen Rollläden bis zu mir ausleuchtet. Ganz trüb, ein Zwielicht aus fast gar nichts.

Vor mir auf dem Boden liegt eine Packung mit der Aufschrift »Tavor Expedit«. Benzos – starke Beruhigungsmittel also, die dir ein »Scheißegal« auf alles geben. Ich hatte wohl wieder eine Panikattacke.

In meinen Gedanken ruft mich das leiser werdende Echo einer sanften Frauenstimme. Ganz weit entfernt. Sie ruft meinen Namen, nur meinen Namen.

»Om! Om!«

Ich glaube, dieses Mal habe ich es übertrieben, zu viel genommen. Der geistige Nebel verdichtet sich, bemerke ich. Ehe mein Bewusstsein wieder ganz im Nichts verschwindet.

Zurück im Wald

Kennt ihr das? Man will unbedingt eine Schnittstelle zum Gehirn des anderen. Eine direkte Verbindung.

»Ich kann dir nicht sagen, was ich gerade fühle, wie sehr ich dich liebe. Egal was ich dir sage, es würde es nicht treffen. Ja, es würde dir je nachdem eine Ahnung dessen vermitteln, aber du könntest dich auch täuschen. Ich könnte mich täuschen. Mit meiner Wortwahl.«

Sie dreht sich in dem Moment weg von mir, zur Seite und kehrt mir den Rücken zu. Drehe ich mich nun zu ihr, würde das Rascheln des Laubes mich verraten. Ich bleibe liegen und spreche weiter.

»Es ist wie eine Tragikomödie. Ich kann dich berühren, dich streicheln, mit all meiner Mimik und allen Mitteln der Rhetorik versuchen dir etwas zu vermitteln. Meine Liebe, meine … unglaublichen Gefühle. Aber es wird nie, nie, niemals diese Unglaublichkeit in meinem Kopf in dein Gehirn transportieren. Fuck. Wie soll ich das mit diesen primitiven Mitteln schaffen. Ein Gefühl. Lächerlich. Absurd. Dämlich. Ich kann machen, was ich will.

Wären wir doch einfach zwei geisterhafte Erscheinungen – ohne Körper – die ihre Gedanken eins zu eins verschmelzen könnten. Du denkst mich, ich denke dich. Frei von Missverständnissen.«

»Wahnsinn«, sagt sie leise mit tiefer Stimme.

»Was ›Wahnsinn‹?«

»Du hast so verrückte Gedanken. Aber ich weiß genau, was du meinst. Und du hast recht.«

»Verrückt? Verrückt ist, warum nicht jeder diesen einfachen Wunsch hat und offen ausspricht. Alle nur kack-oberflächlich. Die anderen sind die Verrückten.«

Ich stütze meine Hände auf das weiche Laub und bringe mich in eine aufrechte Position.

»Komm mit, Anna.«

Sie dreht sich auf den Rücken und ich helfe ihr mit meiner Hand auf. Der warme Wind ist so schön, wie eine herrlich umsorgende Mutter, die eine Decke über das kranke Kind zieht. Das Mondlicht ist so hell, wie ich es noch nie gesehen habe, man sieht alles. Jeden Baum, jeden Ast und rottendes Altholz, über das wir vorsichtig steigen bei unserem Gang durch den laubigen Wald. Ich denke mir, das müsste das Laub von bestimmt zehn Jahren sein, so weich, wie wir hier laufen. Wie auf einem Trampolin. Es ist hell, warm und frei von Schmerz und Angst. Ich komme mir vor wie in einem Traum durch einen märchenhaften Glückswald. Anna fühlt das Gleiche, ich kann es in ihren Augen sehen – sofern ich mit meinen beschränkten Mitteln der Wahrnehmung nicht falsch liege. Schließlich sind unser beider Gehirne und Gedanken und Gefühle nicht miteinander verknüpft. Aber ich weiß, was ich fühle, als wir Händchen haltend mit einem großen Schritt die Barriere zwischen Waldende und einer Lichtung erreichen. Nach kurzer Orientierung finden wir uns auf einem Feldweg, auf dem die Traktoren zwei tiefe Furchen in den erodierten Boden getrieben haben. Weit vor uns, am Ende des brachen Feldes, umschließt der Wald hufeisenförmig eine hell erleuchtete Lichtung. Unsere Blicke führen hin zu einer aus Wiese bestehenden Senke, die in einem freistehenden Hügel endet. Auf dem Hügel steht eine alte Eiche mit breiten Ausläufern, glitzernd vom Wind im hellen Mondlicht. Wir sagen nichts. Ich lege meine linke Hand auf ihr florales Kleid, gleich neben ihren Hals. Führe den dünnen Stoff zur Seite, sodass er halbseitig von der Schulter rutscht.

»Was tust du?«, fragt Anna mich mit weit aufgerissenen Kulleraugen.

Ich sage nichts. Ziehe mein T-Shirt im Bruchteil einer Sekunde aus und werfe den weißen Knäuel beiseite. Sie sieht mich nicht weniger fragend an als zuvor schon. Unbeirrt davon fasse ich an meine Jeans, um den Knopf zu öffnen, und bringe sie samt Unterwäsche mit einem tiefen Zug nach unten, um mich vollends zu entkleiden. Steige aus den weißen Sneakers und über die Hose, mit einem Schritt nach vorne, ganz nah zu ihr. Ich glaube, das viele Training hat sich ausgezahlt, denke ich kurz beim Herabblicken.

Ich sage wieder nichts.

Es beginnt Anna langsam zu dämmern, dass dies nichts Sexuelles, sondern nur die Fortführung eines ungewöhnlichen Abends sein soll. So beginnt auch Anna, sich von ihrem Kleid und allem an teurer Spitzenunterwäsche zu trennen.

»Gott, du machst mich fertig«, entgegnet sie meinem verschmitzten Grinsen.

»Wir verstehen uns zumindest wortlos, das ist ein guter Anfang.«

Auf dem Weg die Senke hinab in Richtung der Eiche streichle ich immer wieder sanft mit den Fingerspitzen über ihren Rücken. Zusammen mit der Luft an jedem Zentimeter unseres Körpers und den vielen einzelnen Grashalmen, die unsere Fußseiten Schritt für Schritt streifen, empfinden wir beide gleichermaßen ein unbeschreibliches Gefühl von Freiheit und Akzeptanz. Frei von Raum, frei von Zeit. Jung, frei, und nackt.

»Findest du das nicht ein bisschen schnulzig, was du hier mit mir treibst?«, gibt sie mir zur Antwort, während sie den Hintern am Boden richtet.

»Ich habe nichts in Planung. Ich habe eigentlich nie irgendetwas in Planung. Lasse mich immer treiben.«

Stille.

»Mein Gott, so viele Sterne.«

Süß ist der Tod

Tot ist sie, kaum zu fassen. Auf die selbe plumpe Art und Weise, wie es so viele Frauen eben nun tun. Meine Art abzutreten wäre martialischer und eindrücklicher für die Hinterbliebenen. Aber sie hat sich dafür entschieden, mit einem Potpourri aus Tabletten davon zu segeln.

»Ich habe heute Nacht von einem Wald und einem Mädchen geträumt, es war schön.«

Hanna, die neben mir apathisch ins Leere schaut, zeigt keine Reaktion.

»Wollen wir ein paar Schritte gehen, weg vom Klinikgelände?«

Om

Om ist nicht wie andere Jungen seines Alters. Schon früh – bereits im Kindergarten – wurde bei ihm eine Hochbegabung festgestellt. In der Grundschule drehte er die Wasserhähne in den

Toiletten ab, um herauszufinden, warum das Wasser hier nach oben fließen kann. Schon mit zwölf wurde bei ihm eine Angststörung diagnostiziert. Nachdem ihn seine Mutter mit mäßigem Erfolg zu unzähligen Psychologen geschleift hatte, blieb nur noch der Gang in eine offene Psychiatrie übrig. Er war zumindest nie selbstgefährdet und eine geschlossene Einrichtung kam für sie und ihn nicht in Frage. Heute ist Om 25 und zum unzähligsten Mal in einer Klinik.

Spaziergang

Johanna trottet wortlos neben mir her, während ich mich mit dem plötzlichen Tod von Hermine beschäftige.

»Woher hat sie wohl die vielen Tabletten, hier muss man doch immer alles vorzeigen, sobald man ein Zimmer bezieht?«

Tot im Gemeinschaftsbad wurde sie aufgefunden. Ein Pfleger hat sie heute Morgen beim Schichtwechsel entdeckt. Ich kann gut nachvollziehen, dass sie es nicht mehr ausgehalten hat. Immer die Gedanken, diese Schwere im Kopf. Hanna ist am selben Tag wie ich gekommen, morgen vor drei Wochen. Ich hatte mich einmal mit ihr unterhalten. Dabei ging es eher um belanglose Dinge wie die neue Pflegerin, die von ihrem Urlaub aus Kreta zurückgekommen war. Um das Essen, und dass wir uns beide nicht immer austragen, gehen wir einmal vor die Station, um frische Luft zu tanken. Eigentlich wusste ich gar nichts über sie. Nur, dass sie wohl sehr düstere Gedanken gehabt haben musste. In ihrer Stirn lag eine tiefe Denkerfalte, die sich über die Jahre angestrengten Schauens entwickelt hatte.

»Hier dürfen wir nicht weiter«, unterbricht Hanna meine Gedanken.

Der Geschmack von Sex

In diesem Negligé sah sie einfach umwerfend aus. Eine schwarze Mischung aus matter Spitze und transparentem Stoff, der ihren Po nur knapp überdeckte und so durchsichtig war, dass er die Haut eigentlich lediglich leicht abdunkelte. Sie schlief noch, als ich innerlich rumorend erwachte und sie im Schlaf musterte. So, wie es ein Voyeur tun mag, der sich in Sicherheit wiegt. Es war die aufgehende Sonne, die mich durch den samtigen Vorhangschlitz mitten im Gesicht blendete und vor ihr erwachen ließ. Was an diesem Vorabend passierte, hätte nie passieren dürfen.

Patrick

Patrick ist ein charmanter Mann, der weiß, was er will. Er will Frauen. Und zwar möglichst viele Frauen. Er wuchs ohne Eltern und ohne Struktur in einem Heim auf. Niemand war jemals für ihn da, außer Maria, seine Bezugspflegerin der Organisation »Lichtblick«. Seit er das Heim verlassen hat, hält er sich mit Gelegenheitsjobs über Wasser. Seine Leidenschaft sind die Frauen. Insgeheim ist er immer auf der Suche nach dem absoluten Glück mit einer eigenen Familie, vielleicht ja sogar mal ein, zwei Kindern. Aber bis dahin hat er noch genug Zeit, Dinge zu erleben und auszuprobieren. Schöne Frauen sind sein Leben, seine Sünde, seine absolute Leidenschaft.

Sturm und Drang

Im ganzen Zimmer riecht es nach Sex.

Ihr Blick labt sich an mir. An meinem Glied.

Frauen behaupten gerne vor ihrem Freund und Partner, sie seien treue Mauerblümchen. Sie haben nur und ausschließlich »Anstandssex« und sind und bleiben natürlich ehrbar in ihren sexuellen Handlungen. Doch dieser Blick auf meinen dicken Schwanz, meine zum Bersten dicke Eichel, revidiert das. Das und alles, ich weiß es. Es ist wie Heißhunger auf etwas Verbotenes. Macht mich rasend vor Eifersucht und erregt mich zugleich ungemein.

Ich liege auf dem Rücken, splitternackt und schweißnass glänzend vor Erregung. Um sie einzuschüchtern, habe ich direkt nach unserer Ankunft ihre Eingangstüre geschlossen. Ich bin nichtssagend im Flur stehen geblieben und habe begonnen, mich absichtlich viel zu langsam auszuziehen. Nun bin ich im Gegensatz zu ihr frei und nackt und bin immer noch schweigend auf ihr Bett geklettert. Als sie meiner blickhaften Aufforderung nachkommen möchte und in katzenähnlichem Schleichen meinen Körper sucht, drücke ich sie nieder, setze mich breitbeinig auf ihre Brüste und halte mit Knien und Händen ihre Arme fest in die Matratze gedrückt. Ohne meine Hände zu benutzen, schiebe ich meine von dicken Adern durchzogene Männlichkeit in ihr Gesicht. Ich schlage sie damit durch geschickte Körperverlagerung auf die linke Backe, ziehe ihn über ihren Mund am Hals vorbei, um es der anderen Backe gleich zu tun.

»Der Herr bin ich und du gehörst mir.«

Ihre Augen schauen mich aus ihrem schämend roten Gesicht mit diesen blutgefüllten roten Lippen fragend und bittend zugleich an. Sie ergibt sich mir und lässt es einfach geschehen. Das, was sie immer und vor jedem bestreiten würde. Diese sexuelle und verbotene Schande des noch nie Erlebten und nie wieder Kommenden.

Mit meiner Eichel suche ich ihre Gesichtsmitte, um anschließend langsam – ganz langsam – ihre Unterlippe nach unten zu ziehen. Die Zeit vergeht und vergeht in diesem Spiel. Ich wiederhole nichtssagend diese Choreographie. Immer und immer wieder – und immer etwas anders. Nur noch mit den Knien ihre Hände fixierend, habe ich nun aufrechter Platz auf ihr genommen, um so fest mit beiden Händen meinen überdicken Schwanz zu fassen. Ich lenke ihn nun mit beiden Händen über ihr wundervolles, mädchenhaftes Gesicht. Die unförmig verzogene Vorhaut und die beulenhaften Aderhügel stehen in starkem Kontrast zu ihrer makellosen und wunderschön weichen Haut. Als ich leicht aushole und ihn auf ihre rechte Backe klatsche, stöhnt sie leicht auf vor Verwunderung und einem ziehenden Schmerz. Einem guten Schmerz. Beim erneuten Ziehen über diese Stelle bleibt schimmernd etwas Feuchte aus mir kommend dort haften.

»Fick mich in den Mund!«, befiehlt sie plötzlich und unkalkuliert. Selbst nicht wissend, was sie da sagt. Rasend. Es kommt einfach aus ihr heraus, ohne vorige Überlegung über die Konsequenzen.

Ich fasse ihre Arme noch fester, drücke meinen ganzen Körper nach vorne und beuge mich mit der Körpermitte über ihren Mund. Als ich ihre halb geöffnete Mundinnenseite mit der Spitze meines Schwanzes berühre, bemerke ich, wie nass meine Eichel und das gesamte vordere Drittel von mir ist. Glitschig vor Erregung spiele ich mit ihr, mit ihrem Mund und ihrer Scham, ohne dabei zu schnell zu weit zu gehen. Sie spürt, dass er sehr heiß ist, denn ich spüre ihre kühlen Lippen. Das mache ich sehr lange, um ihrem Wunsch, sie in den Mund zu ficken, nicht gleich nachzukommen. Um sie in ihrer Ekstase zeitlich leiden zu lassen. Und das kostet sie aus, dass ich sie in ihrer Erwartung mit meiner schnellen Entblößung auf eine falsche Fährte geführt habe.

»Soll ich dir meinen dicken Schwanz in den Mund stecken?« Sie ist wie gelähmt, als ich weit aushole und sie freihändig mit einer sexuellen Liegestütze mit einem Male ganz schnell und tief in den Mund ficke. Ich dringe direkt beim ersten Mal so tief ein, dass sie damit nicht rechnen konnte. Dort lasse ich ihn. Sie verwirrt das so sehr, wie ich in ihren Augen herabwärts erkennen kann. Ich bin mir meiner sicher. Noch langsamer ziehe ich ihn aus ihrer weichen und nun heißen Mundhöhle heraus. Ihr Mund kocht. Mein Glied kocht. Und alles ist nass und riecht nach Sex. Sogar ihren Erregtheitsgeruch inmitten ihrer Scheide kann ich riechen. Obgleich sie mit ihrer engen schwarzen Leggings noch völlig angezogen ist. Ich zerdrücke ihre Hände fast, um ihr ihre Ausgeliefertheit bewusster zu machen. Kreisend dringe ich erneut in ihre warme Mundhöhle, stoße etwas fester nach und wiederhole mich in diesen wundervollen Minuten, mehr und mehr.

»Na, gefällt dir das?«, frage ich mit leicht ironischem Unterton. Sie nickt leicht. In diesem Moment können ich und sie kaum noch erspüren, aus was dieser Mix aus Schleim, Sperma und Spucke genau besteht. Im Zimmer riecht es nur, dieser Cocktail aus Körperflüssigkeiten gekocht mit Hitze. Sie vergisst sich völlig, sich und all den Anstand, den sie sich doch immer bewahren wollte.

»Soll ich aufhören?« Sie schüttelt leicht den Kopf und schiebt dabei mein Glied von einer inneren Wange zur nächsten. Als mein Gesäß wieder auf ihren Brüsten Platz nimmt, packe ich dieses rutschige Ding in meine rechte Hand, um ihn ihr dann durch den kurz geschlossenen Mund zu schieben, nur kurz. Ich rolle mich zur Seite und nehme ihren Kopf dabei mit beiden Händen zu mir. Auf der Seite liegend kontrolliere ich sie nun nicht nur mit meinen eigenen Beckenbewegungen, sondern zugleich auch mit meinen Händen. Ihren Hals steuernd. Ich ficke sie in den Mund, nehme ihn heraus, stecke ihn hinein, nehme ihn heraus, stecke ihn rein. Sie seufzt leicht, als ich ihr meine Ladung in den Mund spritze.

Nun, am Morgen, dreht sie sich zu mir um. Leise erwachend, wahrscheinlich von meinen Blicken.

»Hey«, räuspert sie sich.

»Hey.«

Stille.

»Ich wollte das nicht. Ich hätte das nicht tun dürfen.«

»Was? Mich in den Mund ficken?«

»Dich benutzen.«

Wieder Stille.

»Normalerweise habe ich anderen Sex. Sex mit deutlich mehr Liebe. Zärtlicheren Sex.«

Sie schaut mich ungläubig an, herausfordernd. So, als wolle sie den Gegenbeweis von mir.

Um das Gebäude herum ist seit gestern nun endlich Stille eingekehrt. Es ist Sonntag Morgen, keine Leute und keine Autos sind mehr unterwegs. Viel zu früh, vielleicht sechs Uhr. Zu früh für eine Straßenbahn oder Menschen, die ihren freien Tag angehen. Und wäre dieser offene Spalt im vergilbt weißen Vorhang mit Blick zur Ostseite nicht gewesen, wir würden wohl immer noch schlafen. Der eintreffende Lichtstrahl hat die Farbe eines goldenen Kerzenscheins und zieht sich quer über ihre dem Fenster zugewandte Bettseite. Sie hat nun und eigentlich nur in diesem Moment aschblondes Haar. Im Gegenlicht der Morgensonne sieht man einzelne von ihnen weit abstehen, während sie daliegt.

Ich schaue ihr tief in die Augen, während ich ganz nah an ihr so süßes Gesicht heranrutsche.

So etwas hatte ich niemals wieder. Der Geschmack von Sex ist manchmal herzhaft wie rohes Fleisch.

Und manchmal einfach nur süß.

Summertime Sadness

Die Monotonie des Sonntags ist es, was mich wieder auf den Gedanken bringt.

Das Tabuthema Tod.

Dieses Kinderlachen zermürbt mich.

Um den Schmerz der schlechten Gedanken zu ertragen, laufe ich zum Medikamentenschrank. Ziehe eine halb geöffnete Packung Lorazepam aus dem Schrank und gönne mir und meinen Gedanken eine Pause. Es ist gerade einmal wenige Tage her, dass ich aus der Klinik entlassen wurde und da ist sie wieder. Die dunkle Panik, nicht wie andere in dieser Sommerzeit Spaß und Lust und Freude zu empfinden. Es klingelt an der Tür. Die Tablette ist schon halb am Wirken, als ich meinem Nachbarn mit schwerem Blick entgegenschaue.

»Na, Großer?«

»Na, Sebastian?«

Schon nach wenigen Sätzen kann ich ihn davon abbringen, mich nach draußen ins Helle zu locken. Nein, ich will nichts unternehmen. Ich will auch nicht lachen müssen um des anderen willen.

Als ich mir die Bettdecke erneut bis halb über den Kopf ziehe, summen wieder von draußen die Geräusche von tollenden Kindern und einem Rasenmäher zu mir. Es ist mir egal, was andere von ihm halten, ich hasse den Sommer. Hasse ihn so sehr. Denn ich bin der einzige Hauseremit – so fühlt es sich zumindest an –, der bei schönstem Wetter eher traurig und stumm wird. Jetzt wirkt sie und ich begebe mich wieder in den Traum, den ich so oft schon geträumt habe. Die immer gleichen Personen und eine fortlaufende Geschichte. Wie ein luzider Traum. Ich sehe zu.

So ein Käse

»Es gibt kein anderes Lebensmittel, das aufgewärmt so anders schmeckt, als Käse.«

Mit angewinkelter Hand stochert sie in ihren Tortellini und blickt nach oben.

»Wie kommst du jetzt darauf?«

»Na, schon mal drüber nachgedacht? Käse kalt und Käse warm, was für ein Unterschied, oder?«

Sie muss schmunzeln.

Im Restaurant um uns herrscht reges Gerede.

»Weißt du, du gefällst mir«, entgegnet sie mir, während sie weiter in ihren Teller pickt.

»Wieso studierst du ausgerechnet Geschichte?«, frage ich sie.

»Weißt du, was ein ›Memento Mori‹ ist?«

»Nein.«

»Ein Sterbebildnis von Jesu, wie du es in jeder Kirche finden kannst. Es bedeutet ›Sei dir der Sterblichkeit bewusst‹.«

»Ich stand damals – ich war vielleicht neun Jahre alt – in einer Kirche und dachte mir, wer hat das gemacht, es sieht so sehr alt aus.«

»Du magst also einfach nur alte Sachen, richtig?«

»Alte Geschichten von alten Sachen, ja.«

Ich lege mein Besteck beiseite und falte die Hände vor mir.

»Möchtest du mit mir schlafen?«

Statt sie mit meinem Vorschlag vor den Kopf zu stoßen, wie ich es vorhabe, kommt von ihr:

»In den Arsch?«

»Auch das, wenn du möchtest.«

»Ich möchte nur das. Darauf stehe ich, erst recht mit fremden, gut aussehenden Männern wie dir, Patrick.«

Fertig zu essen macht nun keinen Sinn mehr. Sofort begleichen wir die Rechnung und lassen unsere halb vollen Teller zurück, als wir hastig nach draußen gehen.

»Hier wohnst du also?«

»Hier schlafe ich. Bin kaum zu Hause«, sagt sie.

Oben angekommen ziehe ich ihr die Bluse über den Kopf, drehe sie scharf zu mir um und reibe meine Nase durch die Jeans an ihrem Po.

Während ich mit leichtem Druck durch die Hose in ihren Hintern beiße. Auf den Knien verweile ich eine Zeit lang so, um nach kurzer Zeit ihren Hosenknopf zu öffnen und alle Wäsche mit einem Ruck nach unten zu ziehen. So nackt steht sie da vor mir. Ihr Arsch ist auf Höhe meines Gesichts. Ich ziehe ihre Arschbacken auseinander und lecke sie mitten in ihrer Ritze. Im Eilverfahren entledige auch ich mich meiner Kleidung.

»Halt, warte!«

Sie läuft aus dem Zimmer und kommt mit einer halb vollen Flasche Babyöl zurück.

»Fickst du mich jetzt?«

Ich antworte ihr nicht. Drehe sie nur erneut um, und werfe sie aufs zerzauste Bett.

»Geh auf die Knie!«, befehle ich ihr.

Dieser Anblick ist so grandios. Mir treibt es vor Erregung die heiße Röte ins Gesicht. Ich spritze das Öl auf meinen Schwanz und in ihre Ritze, verreibe alles um ihre Schenkel herum und beginne mit meiner Arbeit. Mein Schwanz gleitet in ihr dunkles Arschloch. Ich ziehe ihn langsam wieder raus und stecke ihn langsam wieder rein. Das mache ich einige dutzend Male, ehe ich dazu übergehe, fester und schneller in sie zu stoßen. So scharf bin ich auf ihren Arsch. Dieser Anblick. Ihr Seufzen bei jedem meiner Stöße treibt mich nur tiefer in sie hinein als zuvor.

Die Ewigkeit

Big Crunch für immer.

Es gibt drei Möglichkeiten, wie das Universum einmal enden wird. Den Big Crunch, den Big Rip und den Big Chill. Beim Big Chill driftet das Universum einfach immer weiter und endlos weiter ins Nichts und dehnt sich dabei aus. Beim Big Rip zerreißt es irgendwann das Universum beim Auseinander-Driften einfach. Und für mich das Naheliegendste – der Big Crunch – lässt das Universum irgendwann nach genug Ausdehnung wieder in sich zusammenfallen. Wenn es in sich zusammenfällt, gibt es wieder einen neuen Urknall. Man muss wissen, bei einem Urknall gibt es noch keine chemischen Elemente. Wasserstoff und Helium entstehen erst danach. Alles ist also eins, wenn's losgeht. Daraus ergibt sich immer ein gleicher Urknall, ein immer wiederkehrendes, gleiches Universum. Alles driftet wie die Trillionen Male zuvor wieder auseinander. Wodurch wir wieder genauso geboren werden, denn es ist alles exakt gleich. Wir leben also, sterben, das Universum sackt in sich zusammen, dehnt sich wieder aus und wir erleben dasselbe noch mal. Für immer, immer. Dieser Gedanke macht mich wahnsinnig. Mein Therapeut schaut mich immer an, als habe ich sie nicht alle, wenn ich erzähle, ich habe Angst vor der Unendlichkeit. Unendlichkeit. Es hört niemals auf. Nietzsche nannte das Ganze die »Ewige Wiederkehr« und ist auch durchgedreht. Wenn das wirklich stimmt und wahr ist, komme ich hier nie wieder raus. Ich bin in diesem Leben gefangen für immer und immer und immer.

Stellt es euch vor und sagt mir, dass ihr davor keine Angst habt!

Aber selbst, wenn wir nach dem Tod einfach nur tot sind, ist das für die Unendlichkeit so. Es hört nie auf. Ihr hört nie auf tot zu sein.

»Wo sind Sie gerade?«, reißt mich Dr. Kopp aus meinem Gedanken.

»Schon wieder in der Unendlichkeit.«

Schon so oft habe ich ihm davon erzählt, meiner panischen Angst vor der Unendlichkeit. Unendlich oft.

»Wie soll ich Ihnen helfen? Niemand weiß, was danach kommt.«

Stille.

»Haben Sie noch genug Lorazepam?«

Nach einem kurzen Kopfschütteln zieht er ein Rezept aus der Schublade und fängt an zu schreiben.

Unbehaglichkeit

Als ich die Augen öffne, bin ich noch nicht ganz da und werde schon gefragt.

»Na, gut geträumt?«

Das Mädchen, das ich gestern noch so hart in den Arsch gefickt habe – ich kenne nicht mal seinen Namen – liegt neben mir und sieht mich fragend an.

»In meinem Traum war ich ein Irrer im Irrenhaus und die Türen waren verschlossen. Also nein, nicht so gut geträumt. Du?«

»Ich hab gerade mal zwei Stunden geschlafen, die Nacht war ja nicht lange, falls du dich noch erinnerst.«

Ja, ich erinnere mich. Bisher habe ich noch nie ein Mädchen »nur« in den Arsch gefickt.

»Ich fand das so geil«, sagt sie mit verruchter Stimme. »So geil hat mich noch keiner in den Arsch gefickt, ganz ehrlich.«

»Danke – sagt man das bei so einem Kompliment überhaupt?«

Sie lächelt nur, springt auf und sucht wortlos ihre Kleidung auf dem Boden zusammen.

»Hast du morgen Abend noch mal Zeit?«, fragt sie mich.

»Wenn du bis dahin neues Öl besorgst«, entgegne ich ihr.

Sie wischt mir durch die Haare und gibt mir einen Kuss auf die Stirn.

»Ich muss auf Arbeit, bleib ruhig noch liegen, wenn du magst.«

Geborgenheit

Vögel durchziehen den Regen. Nur verschwommen nahm ich als Kind auf der Rückbank im Auto die Außenwelt wahr. »Take my breath away« von Berlin lief gerade im Radio. Der Titelsong zu »Top Gun«. Ein Kind der 80er zu sein war schon toll. Nichts gab es, das einen störte. Keine Smartphones und auch kein Internet. Häkelsachen, wo man nur hinkam. Teppiche statt Holzböden. Alles war damals eingepackt in eine wohlig warme Suppe aus bunten Stoffen. Dort auf der Rücksitzbank hinter meinen Eltern fühlte ich mich wohl. Meine Eltern waren damals noch Gottheiten, die niemals sterben würden und die alle Last von dir nehmen konnten. Egal was es war.

»Geht es euch gut dahinten?«, flüsterte meine Mutter zu meinem Bruder und mir.

»Ja, Mama, alles bestens.«

Heute ist nichts mehr bestens. Irgendwann einmal hat es klick gemacht und wir fanden heraus, dass Papa und Mama eben doch keine Gottheiten sind. Aus tiefer Geborgenheit entstanden Fragen.

»Wo komme ich her? Wo gehe ich hin? Wann muss ich gehen? Wann meine Eltern?«

Wie oft habe ich mir schon gewünscht, mir nicht dauernd diese Fragen zu stellen. Damals auf der Rücksitzbank im alten Audi, da war die Welt noch okay.

Das Gefühl ohne Namen

ASMR, Autonomous Sensory Meridian Response. Es bezeichnet die Erfahrung eines kribbelnden, angenehm empfundenen Gefühls auf der Haut (sogenannte »Tingles«); oft ähnlich erlebt wie sanfte elektrostatische Entladungen.

Seit ich Depressionen und Panikattacken habe, beschäftige ich mich mit geistigen Phänomenen, die mich ruhiger werden lassen.

Ich habe mal gehört, eine Idee kommt dir erst in den Sinn, wenn dein Kopf frei ist. Vollkommen frei von allem.

Frei. Vollkommen.

Wie ein Blitz in der rechten Hemisphäre. Ich denke, das ist der Grund, warum Meditationen so beliebt sind.

Wenn dein Gehirn frei – ja, leer – ist, bist du Gott am nächsten. Im doppelten Sinne. Im Leben und im Tod bist du frei von Gedanken und somit nah am Göttlichen. Versteht mich nicht falsch, ich glaube an keinen Gott, aber ich liebe Gottesvergleiche.

Als Kind lag ich manchmal wach und habe Geschichten im Radio angehört. Geschichten, welche mit sanfter Stimme von einem Mann oder einer Frau geschildert wurden. Dabei berührte ich mich immer an Stellen, die ich sonst nie berühre. An den Hüften oder am Oberarm. Es gab Sprecher, die hatten eine Stimme, die mich kribbeln ließ. Am ganzen Körper, nur durch die angenehme Stimme. Wie einzelne Worte und Buchstaben ausgesprochen wurden. Damals gab es den Begriff ASMR noch nicht. Ich kam mir schlecht vor, sehr schlecht. Dachte, das wären sexuelle, unsittliche Handlungen. Mich zu berühren und zu streicheln, wenn jemand so sanft spricht. Aber nein, es war schon damals das Gefühl ohne Namen. Heute ist die Community rund um ASMR riesig. Auf Youtube ranken sich unglaublich viele um die Abonnenten, die affin für diese Gefühle sind. Auch jetzt liege ich da mit meinem Smartphone und schaue mir ein ASMR-Video an. Eine wohlige Schwere übermannt mich und ich schlafe ein.

Ich scheiße, du scheißt, wir scheißen

Ich habe mich tagsüber per Whatsapp mit Lisa zu einem gemütlichen Abend mit kochen, plaudern und Wein verabredet. Zumindest für den Anfang des Abends ist das mein Plan. Eine Art Einleitung für alles, was darauf folgen mag. Oder auch nicht. Sie ist bisher noch nie bei mir gewesen. Bei mir zu Hause.

»Hiii«, strahlt sie mich an, während sie in ihrem schwarzen Kleidchen eintritt.

»Du riechst gut, gefällt mir«, sage ich mit herzlicher Stimme, während ich meine Hände auf ihren wohlgeformten Hüften ablege. Sie riecht, als hätte man Kokosraspel mit Zucker vermengt und zusammen karamellisieren lassen. Nur leicht karamellisiert.

Es riecht nicht zu aufdringlich oder zu sehr penetrant, wie es sonst so viele an einem solchen Abend täten.

»Danke.«

Das Klischee eines romantischen Abends habe ich Stunden zuvor bereits umgesetzt. Mit vielen Kerzen und unaufdringlicher Musik.

»Falls es zu kitschig ist, tut es mir leid«, entschuldige ich mich lachend bei ihr.

»Oh, ich mag Kitsch, Romantik bedeutet doch ganz viel Tand und Klimbim, oder?«

»Ja. Ehrlich gesagt wollte ich mit dem Hinweis auf das Offensichtliche auch nur dem Flitter und Tamtam etwas von seiner Oberflächlichkeit nehmen.«

Sie lächelt. Und ich zurück. Wohlwissend, dass wir uns über den Kitsch der Situation einig sind.

»Dann sind wir uns ja einig!«, beende ich die Situation.

In der Küche meiner heimelig eingerichteten Zweizimmerwohnung steht schon alles bereit. Wir schneiden und schnippeln, würfeln und halbieren alle Zutaten ganz nach dem Rezept, welches wir alle zwei Minuten über mein iPhone neu nachlesen müssen. Sie und ich, wir kichern beide darüber, wie wir alles gleich wieder vergessen, nachdem wir mit fettigen und vollgeschmierten Händen den Bildschirm am Handy immer wieder aufs Neue aktivieren müssen.

»Oh mein Gott, es ist schon wieder weg.«

»Wie viel noch mal?«

Mein Smartphone sieht am Ende aus, als hätte ein Dreijähriger versucht, damit Kräuterbutter auf ein Baguette zu schmieren.

Nach dem Essen, das wir eher als Pflichtaufgabe im Ablaufplan eines romantischen Abends zu uns genommen haben, begeben wir uns ins Wohnzimmer. Zu meiner riesigen, hufeisenförmigen Liegelandschaft. Die von einer Wand bis zur anderen reicht und gerade so ins Zimmer reinpasst.

»Magst du trockenen Rotwein?«, frage ich rein rhetorisch, während ich ihr schon eingieße.

»Ich mag romantische Klischees, und dazu gehört Rotwein«, erwidert sie mir, während sie verschämt lächelt.

»Weißt du was? Ich hasse solche stereotype Abende. Man macht das, dann das. Man redet über das, und bloß nicht über das.«

Sie stimmt mir nickend zu.

»Was schlägst du vor?«

»Lass uns über Unmögliches reden. Dinge, die da sind, Dinge, die jeder kennt und macht und tut. Dinge …, über die aber keiner redet. Erst recht nicht im Planverlauf eines sogenannten romantischen Abends.«

»Na gut, Patrick, und das wäre?«

Ich überlege kurz.

»Scheiße.«

Sie sieht mich ganz ernst an.

»Ich mag deine Art zu denken. Du hast recht. Jeder tut es, keiner sagt es. Du bist witzig, Patrick. Und du hast wirklich recht.«

»Scheißen. Ich scheiße.«

Ruf es laut!

»Ich scheiße, furze und kacke. Ich scheiße Scheiße!«

Ehrlichkeit

Als meine Oma damals Alzheimer bekam, wurde sie ziemlich ehrlich. Damit meine ich, sie wurde vulgär. Vulgär also erst bei Alzheimer, als die Krankheit schon weit fortgeschritten war.

»Om, wenn du wüsstest, wie es in meinem Kopf aussieht«, sagte sie, kurz bevor sie vulgär und ehrlich wurde.

All die vielen Jahrzehnte davor war sie nur die Fassade einer guten Haus- und Ehefrau. So richtig ohne Blatt vor dem Mund zu reden bedeutet Ehrlichkeit. Es ist ein befreiendes Gefühl, mit einer gesellschaftlich hohen Tragweite, so frei und offen zu reden. Nahezu niemandem gefällt das, die brutale Wahrheit ins Gesicht geschleudert zu bekommen. Ich erinnere mich, damals war ich noch glücklich, gerade in der Endzeit meines Teenager-Daseins. Noch bevor die schlimmen Gedanken kamen und mich erschlugen. Noch vor den Therapien, den Klinikaufenthalten und den Tabletten. Jetzt stehe ich hier, vor ihrem Grabstein. Wenn ich ehrlich bin, interessiert mich das Grab null. Was soll das? Ein Stück Travertin mit Staub aus Kohlenstoff darunter.

»Bist du ihr Enkel?«, schallt es über den leeren Friedhof. Ich drehe mich um und sehe diesen alten Mann eine Schubkarre voller Grabschmuck vor sich herschieben.

»Ja, bin ich. Und wer sind Sie?«

»Ich bin hier nur der Friedhofsgärtner. Aber ich kannte deine Großeltern. Dein Opa und ich, wir waren 42 im Donezbecken in der Ukraine.«

Wie klein die Welt in einem Dorf wie diesem ist, wundert mich nicht, auch nicht die Tatsache, dass mein Großvater hier noch lebende Kameraden aus dem Zweiten Weltkrieg hat. Eher kommt mir in den Sinn, wie schuldig ich wohl bin, als Enkel eines Kriegsveteranen. Damit habe ich nichts zu tun, denke ich mir leise.

Außer es gibt so etwas wie eine genetische Schuld. Also eine Schuld, die in die Genome meines Großvaters eindringen, sich in meiner Mutter und dann in mir fortpflanzten. Wenn das der Fall ist, wäre die Natur nur ehrlich. Sie speichert alles aus der Umwelt in sich selbst, und trägt es dann an die weiteren Generationen. Vielleicht ist das auch der Grund, warum ich immer so angespannt und innerlich unruhig bin. Ich trage den Krieg in mir. Trage ihn mit mir in meinen Genen. Alles, was er erlebte, ist auf mich übergegangen und ich darf es jetzt ausbaden mit meinen psychischen Leiden. Ein epigenetisches Quidproquo für all die Leiden, die er verursacht hat. Ehrlich gesagt kann ich noch nicht mal sagen, ob er Täter oder auch nur Opfer war.

»Ist die Natur nicht ehrlich«, seufze ich leise vor mich hin und gehe weiter.

Schäm dich!

»Gott, ich möchte doch einfach nur deine geile Muschi auslecken!«

Nachdem dies unüberhörbar durch die Vorlesung schallt, schaut mich natürlich das gesamte Auditorium an. Alle drehen ihre Köpfe zu mir. Zur vorletzten Reihe. Ich habe nun die volle Aufmerksamkeit des Kollektivs von Lämmern.

»Ficken.«

Ja, so fing es an, ich wurde ausgelacht und nach der Vorlesung hat mir mein Prof nahegelegt, einen Psychologen aufzusuchen. Es sei nicht normal gewesen, die ganze Situation während der Vorlesung.

»Sie haben entweder kein Schamgefühl oder sind ein etwas spezieller Charakter. So oder so, ich denke, sie sollten mit jemandem darüber reden.«

Auch Lisa, der mein Ausruf gilt, wird einfach nur rot.

»Du scheißt und fickst also?«, lacht sie mich an. »Wieso hast du das getan?«

»Na, ich wollte ehrlich sagen, was ich gerade denke und fühle.«

»Vielleicht etwas zu viel Ehrlichkeit am falschen Ort, oder?«

Wir gehen ein Stück über den Campus.

»Der Abend bei dir war echt schön«, seufzt sie leise vor sich hin.

»Ich denke, wir sollten das wiederholen.«

»Das sollten wir.«

Wach sein

Ich erwache aus einem Traum, der sehr schön war. Im Traum, da bin ich jemand anderes. Da weiß ich über alles Bescheid und kann gut mit Frauen umgehen. Und ich habe viele Frauen. Wach sein. Das bedeutet Schmerz für mich in dieser Welt. Meine Gedanken drehen sich wie immer um den Tod, das viel zu kurze Leben. Eigentlich schlafe ich lieber, als dass ich wach bin. Im Schlaf finde ich Frieden, habe meine Gedanken ausgeschaltet. Wenn ich träume, ist die Welt in Ordnung. Um zumindest halbwegs auf die Beine zu kommen, mache ich mir einen starken Kaffee.

»Om, bist du das?«, schallt es aus dem Flur.

Als ich öffne, sehen mir dunkle Kulleraugen aus einer blondgrauen Haarpracht entgegen. Es ist Anita, eine Bekannte, die ab und an bei mir vorbeischaut. Eine Frau Mitte fünfzig, die ich mal bei einem Alleingang ins Kino kennengelernt habe. Auch sie war damals alleine in dem Film und sprach mich danach vor der Tür stehend an.

Ich öffne die Türe weit und bitte sie herein.

»Geht es dir gut? Ich war gerade in der Nähe und dachte, ich schau mal vorbei.«

»Ich lebe noch«, entgegne ich ihr schwarzhumorig.

»Kaffee?«

»Ja, gerne.«

Draußen ist schon Mittag und ich bin gerade erst wach geworden.

»Also, Om, jetzt mal im Ernst, wie ist es so?«

»Ich bin wach, aber ich bin nicht da. Nicht nur heute und jetzt, immer wenn ich wach bin. Bin einfach nie da. Kennst du dieses Gefühl?«

Stille.

»Om, vielleicht solltest du mehr raus. Mehr unter Leute. Mal auf andere Gedanken kommen.«

»Was ist für dich der Sinn des Lebens?«, entgegne ich.

»Weißt du, ich bin eine Frau, die ihr Leben schon fast gelebt hat. Der Sinn des Lebens ist leben. Lebe einfach ein bisschen.«

»Das macht mir aber alles keinen Spaß. Stell dir vor, wie ich mich fühle. Niemand hat mich je gefragt, ob ich leben will. Ich wurde einfach hier hineingeworfen.«

»Wir alle, Om, wir alle wurden hier hineingeworfen.«

Sie dreht, auf der Couch sitzend, ihre Körperhaltung leicht zu mir.

»Du lebst ein paar Jahrzehnte, dann stirbst du. Basta!«

»Aristoteles hat mal gesagt, alles, was auf der Welt ist, hat die Tendenz, nach einem Ziel zu streben.«

Ich drehe mich zu ihr.

»Genau das ist das Problem. Am Ende – also am Ziel – da wartet der Tod und die Unendlichkeit auf mich. Das soll ein Ziel sein?«

Sie senkt den Kopf.

»Mein Ziel ist ein erfülltes, ein volles Leben gelebt zu haben.«

Ich sage nichts dazu. Irgendwie hat sie ja recht. Es bringt mich zum Nachdenken. Ein volles Leben, ein Leben, das voll war als Ziel. Nach einigen Minuten oberflächlichen Geredes verabschieden wir uns voneinander. Meine Tasse ist noch zu drei Viertel voll und ich stelle sie wieder in die Küche zu dem anderen dreckigen Geschirr, das sich dort türmt. Lege mich wieder in mein Bett und schlafe erneut ein.

From Dusk Till Dawn

»Okay«, stottert sie.

Die Momente, in denen sie lispelt, sind die Momente in vollster Lebenslust. Denn dann vergisst sie sich.

Konsequent – aber subtil – fickt er sie in schnellen Stößen mit langen Pausen.

Sie ist mit mir hinausgefahren an die Stadtgrenze. Dort oben auf dem Berg, wo man die ganze Stadt im Nachtlicht sehen kann. Sie ist gerade erst 19 geworden und noch ziemlich unerfahren. Ein leichtes Spiel, sie anzusprechen und bis hierhin mitzunehmen.

Jetzt liegen wir zusammen auf dem Rücksitz meines alten Kombis und ich dringe zärtlich in sie ein und aus.

Manchmal entstehen diese Bilder im Kopf. Gerade, wenn ich mit einem Mädchen zu Gange bin. Bilder von tiefer, schwerer Trauer und einem anderen Ich.

Ich lasse mich nicht ablenken, nicht jetzt. Voller Hingabe küsse ich ihren Hals, während ich weiter sanft in sie eindringe. Gott, ich weiß noch nicht mal mehr ihren Namen. Sie ist wie Zucker, so süß und schüchtern und so unberührt.

»Ich … ich komme«, stöhnt sie.
»Komm mit mir«, stöhne ich zurück.

Als alles vorbei ist, werfe ich mich auf den Sitz neben ihr. Sehe nach draußen. Sehe die Stadtlichter wie Tausend kleine Punkte in der Ferne.

Menschtier

Tief in uns drinnen freuen wir uns doch alle über das Unglück anderer, ziehen unser Gemüt daran hoch und treten nach unten. Das ist der Mensch, mich im Übrigen eingeschlossen. An meinen guten Tagen liege ich nicht einfach nur da und starre ins Leere. Nein, ich denke über die Undinge des Lebens nach, die uns alle einhüllen. Der Mensch ist ein Tier, nichts weiter. Wenn wir alleine sind, furzen wir, wenn wir zusammen sind, blenden wir unsere Gegner. Egal wie sehr du glaubst, eng mit jemandem befreundet zu sein, er wird dir alles neiden, wenn du erst mal auf Erfolgskurs bist. Du hast etwas Grandioses geschaffen, gemacht oder erlebt? Dann tue Buße vor deinen ach so tollen Freunden. Selbst deine Familie wird es dir neiden. Im Umkehrschluss wird in warmer Freude baden, wer von deinem neuesten Unglück erfahren hat. Sogar und sowieso deine engsten Menschtiere. Deine Eltern, dein Partner, einfach alle. Es liegt ganz tief in uns drinnen verbuddelt unter stinkendem Lehmtorf und meistens, ja, meistens zeigen wir es auch gar nicht. Wie sabbernde Schweine gieren wir nach dem Unglück anderer. So finden wir etwas, an dem wir uns hochziehen können.

»Om, Sie sind dran«, werde ich aus meinen Gedanken gerissen.

Gedankenversunken stehe ich auf und laufe in das abgewohnte Besprechungszimmer meines Psychiaters.

Patricks großes Los

Es ist Spätherbst und die Nächte sind lang. Das hält mich aber nicht davon ab, abends um 20 Uhr noch alleine auf Beutezug zu gehen. Wie jeden Freitag klappere ich die typischen Bars und Lokale ab, trinke hier und da etwas und sehe mich nur um, während die Frauen im Rudel tanzen.

Eigentlich habe ich sie alle so satt. Du sprichst sie nur kurz an und – mit etwas Glück – springen sie gleich mit dir in die Kiste.

»Ich möchte doch nur einmal eine wahre Liebe kennenlernen. Eine, die nicht gleich mit dir fickt und sagt ›Ich liebe dich‹ und ›Ach, Schatzi …‹.«

Da steht das schönste Wesen, das ich je gesehen habe.

Linda.

»Kann ich dir was ausgeben?«
»Nein danke, verzieh dich.«

Darauf bin ich nicht gefasst, aber ich lasse so leicht nicht locker. An der Bartheke bestelle ich zwei »Cuba Libre«, packe zwei Strohhalme hinein und gehe noch mal zu ihr.

»Ganz schön hartnäckig. Wie heißt du?«
»Patrick, und du?«
»Linda.«

Urplötzlich nimmt sie mich an der Hand und zerrt mich an den düsteren Gestalten vorbei durch den ganzen Club.
»Setz dich«, haucht sie mir zu.

Jeder von uns hat ein Bein auf dem Tisch vor uns, während wir zurückgelehnt auf durchgesessenen Sofas lümmeln. Wir reden nicht, sie sagt kein Wort und sieht nur still nach vorne, während sie mit der Zunge an ihrem Strohhalm spielt. Sie legt ihre Hand auf mein Knie und fährt mit gespreizten Fingern daran herunter bis zu meinem Oberschenkel. Ich tue das Gleiche bei ihr, ohne dass wir beide uns bis dahin angeschaut hätten. Nach einer Weile in dieser bizarren Situation verharrend stellt sie ihr Glas beiseite und klettert auf mich drauf. Breitbeinig sitzt sie nun auf mir, sieht mich an und raubt auch mir meinen »Cuba Libre« zur Seite weg.

»Das ist es doch, was du von mir willst, Kleiner!«, schreit sie mir, um die Musik zu übertönen, ins Gesicht. Dann greift sie mir ungehindert in den Schritt und streichelt meinen Penis durch die Jeans.

Ich bin so perplex von ihrer Art, dass ich mich nicht wehre. In meiner erregten Schockstarre lasse ich es geschehen und achte nicht auf die Blicke der anderen Gäste, die hier und da unsere Mitte treffen.

»Ich will, dass du mich fickst«, sagt sie noch bevor wir in erregter Eile den Club verlassen.

Gnade

Wie eine brandneue Nähmaschine sticht er in sie hinein. Alle dutzend Stiche hält er inne, um sein Nahtwerk zu kontrollieren.

Er hört einfach nicht auf.

Linda war zuvor im Club so ein Biest, das zahlt er ihr jetzt heim. Sie ist in eine devote Rolle geschlüpft und lässt nun alles mit sich machen.

Ruckartig dreht er sie auf den Bauch. Er hält ihre Hände ganz fest, während er auf ihr liegt.

Schnell stoße ich ihr mein Glied von hinten in ihre nasse Fotze. Sie stöhnt beim ersten Mal leicht quiekend. Ich denke, das hat ihr etwas wehgetan, aber das soll es ruhig. Das hat sie sich verdient. Der Schweiß tropft mir aus dem Gesicht das Kinn herunter und landet auf ihrem Rücken. Ich tropfe sie voll wie ein undichter Wasserhahn, der auf heiß gestellt ist. Immer bis zum Anschlag stoße ich meinen gesamten Unterkörper hin zu ihrem Arsch, der weit in die Höhe gestreckt ist. Auch sie schwitzt allmählich und unsere Körper rutschen glitschig und heiß übereinander. Sie quiekt immer höher, je länger das Lustspiel dauert. Ich packe sie vorsichtig an ihren Haaren und ziehe ihren Kopf nach hinten. Ihre Reaktion ist nur von noch mehr Lust geprägt.

Dreisamkeit entzweit

Auf dem Heimweg von Dr. Kopp versinke ich wieder in Tagträume. Der Spielplatz, an dem ich vorbeikomme, ist voller Kinder, die jaulend durch den Sand rennen. Wenn man Eltern so heimlich beobachtet, fällt einem eines ganz besonders auf: dass die beiden elterlichen Parteien zu Einzelkämpfern geworden sind. Ohne Kinder halten sie noch Händchen, flüstern sich schmutzige Dinge zu, oder reden zumindest noch miteinander. Das ändert sich alles, wenn Kinder im Spiel sind. Ein Vater steht mit dem Rücken zu seiner Frau und beobachtet, was sein Sohn gerade am Klettergerüst treibt. Die Frau, wohl seine Frau, ist in ihr Smartphone vertieft und richtet ihren Blick nach unten. Früher hatte sie nur ihn im Blick, ihren Mann. Beide standen und liefen stets nebeneinander, und niemand stand zwischen ihnen – auch und vor allem kein Kind. Ein Kind ist das fünfte Rad am Wagen einer Ehe. Ein Parasit, der sich an seine Mutter klammert und alles an Liebe aussaugt, was er nur kann. Auch Papa muss nun um die Gunst seiner Frau gegen seinen eigenen Jungen ankämpfen. Zudem hat er die Sorge, seiner Vaterrolle nicht gerecht zu werden. Denn er ist jetzt nicht einfach nur noch Mann, sondern hat einen weiteren dauerhaften Mitspieler immer um sich.

Der Doktor hat mir eine weitere Verhaltenstherapie nahegelegt, eine klinikunterstützte Verhaltenstherapie. Wie es aussieht führt kaum ein Weg daran vorbei. Denn ich vegetiere eher schlafend als wach die vergangenen Wochen vor mich hin. Ich muss darüber schlafen. Ich will nicht schon wieder in die Psychiatrie. Ich will, dass es endlich aufhört. Alles aufhört. Alles.

Zu Hause angekommen werfe ich mir ein Lorazepam ein, das ich zusammen mit einem alten Hörnchen in mich kippe. Auf dem Weg zum Bett denke ich wieder an die Unendlichkeit des Seins – oder des Nicht-Seins, besser gesagt. Meiner Straßenkleidung entledigt ziehe ich mir das verkrumpelte T-Shirt über, welches vor dem Bett auf mich gewartet hat.

Als ich so daliege, kommt mir ein Gedanke, der mich bis zum Einschlafen beschäftigen wird. Ein Gedanke über das Zusammensein. Wenn ich einen anderen Menschen berühre, so fühle ich ihn, aber eigentlich berühren sich unsere Atome gar nicht. Eigentlich berühren wir uns und andere Dinge also nie wirklich. Die Atome stoßen sich gegenseitig ab und alles, was wir spüren, ist nur eine Lüge. Ich habe noch nie jemanden berührt, nie irgendetwas berührt. Lebe in einer Blase, wie alle anderen Menschen auch. Jeder in seiner eigenen. Wir sind schon einsame Menschtiere.

Die Tablette lässt mich müde werden. Beim Einschlafen reibe ich mit meiner Zunge noch ein paar Hörnchenreste aus meinen Zähnen.

Kartoffelsalat

Da ist es wieder. Das Gefühl, das mich zerreißt. Ein Sehnen. Aber wonach? Ich weiß es nicht.

Anna und ich haben unsere Attitüden. Sie macht mich nicht an, ich mache sie nicht an. Jeder lurte, was der andere wohl tun mag.

Am Silvesterabend nun bin ich mit ein paar gemeinsamen Freunden bei ihr zu Besuch. Der Tisch ist reich gedeckt mit kleinen Schnippeleien für ein ausgedehntes Fondue. Überall stehen Schälchen mit Tapas auf dem Tisch. Ich habe einen Kartoffelsalat mitgebracht. Wir unterhalten uns alle kreuz und quer durch den Raum und warten die Stunden bis zwölf Uhr ab. Es ist gerade erst viertel nach neun und alle greifen beherzt zu. Anna sitzt mir gegenüber – welch ein Zufall.

»Patrick, reichst du mir den Kartoffelsalat?«

»Der ist von mir, übrigens.«

Als ich ihr die Schüssel überreiche, berühren sich unsere Finger nur ganz kurz. Nur ganz kurz umschließen ihre Finger die meinen, da sie etwas zu weit nach vorne gegriffen hat. Ein Blitz voller Kälte durchfährt meinen Körper. Auch sie schaut mir peinlich berührt in die Augen, um dann schnell die Schüssel an sich zu nehmen und den Blick nach unten zu richten. Dieses Gefühl ist der Wahnsinn. Ich habe schon so viel erlebt mit Frauen, aber das, das ist der absolute Wahnsinn. Es ist, als würde mich der heilige Geist durchfahren und ich hätte eine Antwort auf alle meine Fragen gefunden.

Die Antwort lautet: »Anna«.

Noch nie habe ich dermaßen Liebe empfunden wie für sie. Ich fände es auch viel zu schade, sie nur wie all die anderen ein paar Male auszuführen oder für Sex zu entwerten. Das würde sie auch nicht mitmachen. Anna ist anders. Das war sie schon immer.

Das neue Gefühl

Dann verstehe ich es. Es ist nicht Linda, sondern Anna, die mir gerade den Verstand raubt.

Und ich hab' sie nie gesehen. Ich hab' dich nie gesehen. Immer nur all die anderen Frauen. Das neue Gefühl in mir, es kommt von Anna.

Was es alles gibt

In einem unendlich großen Universum gibt es unendlich viele Galaxien mit unendlich vielen Welten. Und alles soll auf der Erde stattfinden? Damit kann ich mich nicht abfinden. Angenommen es gibt wirklich »unendlich« viele Planeten, dann gibt es alles, was du denkst. Also eine Erde, auf der alles so ist wie hier, nur dass Krokodile eben lila sind. Es gäbe alles, was du dir vorstellen magst. Auch eine Welt, in der ich kein depressiver Mann Mitte zwanzig bin. Es gäbe vielleicht auch eine Welt, in der ich geliebt werde.

So wach geworden kreisen mir wieder neue Gedanken durch den Kopf. Gedanken, die mich zittern lassen. Angst habe ich, starke Angst, diese Gedanken überhaupt zu haben. Bin ich denn der Einzige, der diese Gedanken hat? Ich stelle mir das Universum vor, fliege tiefer hinein und tiefer. Es hört einfach nicht auf, es ist endlos. In dieser Endlosigkeit muss es alles geben. Alles, was du denkst, gibt es dort draußen. Sonst wäre es ja nicht unendlich.

Um mich von diesem Gedanken zu befreien, rutsche ich schnell aus dem Bett und begebe mich auf die Suche nach meiner großen schwarzen Sporttasche. Ich muss wieder in die Klinik, es hat so keinen Sinn. Lieber will ich sterben als weiter diese Gedanken ertragen zu müssen. Ich packe die letzte übrig gebliebene saubere Wäsche zusammen und meinen Kulturbeutel, den ich seit dem letzten Aufenthalt einfach immer noch im Bad stehen habe. Generell schaut es hier aus, als lebe ein Penner in der Wohnung. Komme zu nichts, bin wie gelähmt durch meine Gedanken. Völlig befreit von Antrieb. Vielleicht wäre auch ein betreutes Wohnen für mich das Beste. Immerhin, berentet bin ich ja schon, das wäre der nächste Schritt, wenn ich wieder ohne echte Erfolge zurückkehre.

Auf dem Weg zur Anmeldung in der Klinik empfinde ich Todessehnsüchte. Ich bin ein Verlierer, der nach wenigen Wochen wieder hier ist. Wieder und wieder und wieder. Das Aufnahmegespräch verläuft wie üblich, auch werde ich gefragt, ob ich vorhabe, mir das Leben zu nehmen, was ich natürlich stets verneine. Niemand soll wissen, wie es in mir drinnen aussieht, was das angeht. Wer kann mir denn nur helfen?

Anna

Sie ist klug, schön und entschlossen. Entschlossen, die Liaison mit mir zu beginnen. Schon am Vorabend konnte sie es kaum abwarten mich zu sehen. Jetzt steht sie da vor mir. Unsere Blicken lassen nicht voneinander ab, während ich zu ihr laufe. Es ist stockdunkel und hier auf dem Berg nahe der Stadt zieht ein eisiger Wind seine Kreise um sich.

»Ganz schön frisch.«

»Mein Kleid?«

»Der Wind«, entgegne ich ihr leise.

Ohne eine weitere Aufforderung folgt sie meinem Gang zum Aussichtspunkt, wo wir uns verabredet haben. Wir haben uns gar zum ersten Mal überhaupt verabredet. Nach so langer Zeit, in der ich mich nach ihr sehne.

»Ich dachte, du stehst auf kernige Männer.«

»Nein. Gar nicht«, erwidert Anna mit zittriger Stimme. »Patrick. Ich weiß, dass du ein Aufschneider bist, mach das bitte nicht mit mir.«

Ich entgegne ihr nichts.

Wir gehen den Weg an der alten Stadtmauer entlang. Hier und da kommen uns Touristen entgegen. Einer fragt uns nach dem Weg zur Burg. Nebeneinander laufen wir, ohne groß zu reden. Ich kenne mich so gar nicht. So schüchtern. Seit der Sache an Silvester sind meine Gedanken nur bei ihr, bei Anna. Am Aussichtspunkt angekommen lehnen wir uns beide über die hölzerne Brüstung.

»Soll ich dir ein Geheimnis verraten?«, beginne ich. »Ich habe noch nie geliebt. Obwohl ich mit so vielen Frauen schon zusammen war. Geliebt – so richtig – habe ich noch nie.«

»Das ist traurig, Patrick. Auch ich habe noch nie geliebt, aber im Vergleich zu dir bin ich auch sauber geblieben und bin nicht so viele Techtelmechtel eingegangen wie du. Dein Ruf eilt dir voraus. Meine Freundin hat mich gewarnt, mich mit dir zu treffen.«

»Warum bist du dann mitgegangen?«

»Vielleicht will ich ja genau das, wovor mich alle warnen.«

»Vielleicht will ich aber nicht das mit dir machen, was ich mit all den anderen Frauen sonst so mache.«

»Wie meinst du das?«

»Anna, du bist mehr als das, was ich mit anderen hatte. Ich will nicht dasselbe mit dir machen. Du … bist mir irgendwie wichtiger. Lass uns heute einfach nur reden, einfach nur reden.«

»Über was möchtest du denn reden, Patrick?«

»Über Einsamkeit vielleicht. Weißt du, eigentlich bin ich immer in Gesellschaft. Aber eigentlich immer vollkommen ohne Gefühle für den anderen. Ja ich mach' mein Ding und es hat was für sich, aber am Ende bin ich doch alleine.«

»Vielleicht, Patrick, solltest du mal wirklich alleine bleiben, um dann auf jemanden zu treffen, der dir die Geborgenheit gibt, die du suchst.«

In den darauffolgenden Stunden unterhalten wir uns noch über alles Mögliche, die Uni und wie wir uns damals zum ersten Mal gesehen haben. Ich glaube, das ist das erste Mal, dass ich einen Abend mit einer Frau verbringe und wir nur reden. Sonst nichts.

Zäsurreal

Auch dieses Mal werden meine Medikamente wieder umgestellt in der Klinik. Meine ganze Wahrnehmung ändert sich jedes Mal, wenn ich neue Pillen schlucken muss. Ich nenne den Umstieg »Zäsurreal«, denn es ist ein immer wieder neues Realitätsempfinden, das alles, was danach kommt, verändert. Seit nun mehr zwei Wochen bin ich wieder hier bei meinen teils alten, teils neuen Mitpatienten.

»Hey, Lust mit mir durch den Park zu gehen?«, fragt mich einer der Neuankömmlinge. Wahrscheinlich war er noch nie in so einer Einrichtung und sucht Anschluss. Ich nicke nur und wir machen uns nach draußen, vorbei an den Pflegern.

»Du musst dich hier schriftlich austragen«, antworte ich ihm mit einem Fingerzeig auf das Klemmbrett vor der letzten Türe. Nachdem wir uns beide ausgetragen haben und durchs Rondell nach draußen gelangt sind, fängt er an zu reden.

»Warum bist du hier?«

»Ich habe Angst vor der Unendlichkeit.«

»Wie meinst du das?«

»Die Zeit, mein Lieber, die Zeit.«

Er fragt nicht weiter nach.

»Und du?«, entgegne ich ihm nach einer Weile.

»Borderline. Sieht man doch, oder?« Er streckt mir seine von Narben übersäten Unterarme entgegen.

»Komm, wir setzen uns dort zu den Enten auf die Bank.«

Eine Weile schauen wir die Schönheit dieses Parks an, überall ist Sommer und alles grünt nur um die Wette. Das sauber geschnittene Gras, die vielen alten und riesigen Bäume, die Pflanzen im Teich.

»Ich versuch's dir zu erklären. Du und ich, wir beide werden irgendwann sterben. Das ist Fakt. Wenn wir beide tot sind, dann sind wir das für immer. Also auch in einer Quadrillion Jahre. Es hört quasi niemals auf. Egal ob da noch was kommt oder nichts kommt. Das, was kommt, hört niemals auf.«

Er sieht mich nur an und nickt leise vor sich hin. Nach einer Weile achte ich nicht mehr auf meinen Begleiter und döse auf der Bank neben ihm ein.

Der innere Film

Man sieht jemand Wildfremden. Ein innerer Film zur gemeinsamen Zukunft läuft ab. Dann sieht man sich nie wieder. Höchstens dann, wenn es zu spät ist.

Es ist ein Gefühl, als ob man in den Keller geht, dort brüskiert innehält und sich fragt, »Was, verfickt noch mal, wollte ich hier eigentlich?«.

Nur schlimmer.

So fühle ich mich gerade und eigentlich jede Sekunde, seit ich mich vor einigen Tagen von Anna verabschiedet habe. An dem Abend, an dem wir einfach redeten. Ich kannte sie zwar schon vorher, aber es fühlt sich so an, als hätte ich sie an dem Abend erst flüchtig kennengelernt. Jetzt habe ich ein Gefühl, sie schon so lange zu kennen und mit ihr mein Leben verbracht zu haben. Doch sie ist weg. Jetzt im Moment. Mit ihren Eltern für drei Wochen in die Toskana, dort hatte ihr Vater ein kleines Haus gekauft.

»Wir fahren jedes Jahr dahin«, sagte sie.

Linda hat mich schon seit Tagen mit Kurznachrichten bombardiert. Ich habe bewusst nicht geantwortet, da ich schon weiß, wie alles ablaufen wird. Außerdem kann ich nur noch an Anna denken. Irgendwann habe ich dann doch einem erneuten Treffen zugesagt. Ist das fair Anna gegenüber? Ich weiß es nicht. Aber eigentlich ist mit Anna ja nichts passiert. Bis auf die Tatsache, dass ich mir mein Leben mit ihr vorstellen kann und pausenlos an sie denken muss, ist nichts passiert.

Sex

Ich klingele an ihrer Haustür. Linda macht von oben her auf, sodass ich ins zweite Stockwerk gelangen kann. Ihre Wohnungstüre steht sperrangelweit offen.

»Linda?«

Niemand antwortet, also betrete ich die unaufgeräumte Altbauwohnung. Überall liegen Sachen rum. Die Küche steht voll mit Geräten, Schüsseln und Utensilien. Man merkt, dass Linda zu viele Sachen für diese kleine Wohnung besitzt. Den Weg zum Schlafzimmer kenne ich noch. Dort angekommen öffne ich die Tür. Linda grinst mich von ihrem Bett aus an. Splitternackt und mit gespreizten Beinen liegt sie da. Die Hände nach hinten geweitet.

»Du willst keine Zeit verlieren, oder?«

»Halt! Bleib dort stehen!«, ruft sie.

»Zieh dich genau hier aus, an der Türschwelle, und komm nicht näher!«

Ich verharre in der Position eine Weile, bleibe auf der Türschwelle stehen und ziehe langsam mein Oberteil aus. Nach meiner Hose folgt die Unterwäsche, um mich dann – wie sie – splitternackt zu präsentieren.

»Und jetzt komm her!«

Ich trete vor das Bett und sehe sie an.

»Du darfst mich nicht berühren, nur dein bestes Stück darf mich berühren. Schaffst du das?«

Sie ist verrückt mit diesen Spielchen und sie macht mich auch verrückt damit. Ich steige also aufs Bett, berühre sie nirgends. Ich laufe zu ihrer Mitte vor, nehme mein Glied in die Hand und stopfe es ihr in die Muschi.

»Du hast das Spiel erfunden«, sage ich.

Ich gehe immer in die Hocke und stehe dann wieder leicht auf, um ihre Fotze zu ficken. Sie rührt sich nicht. Ich berühre sie sonst nicht. Es gefällt ihr, wie ausgeliefert sie mir so ist.

Der Unsinn des Lebens

Zurück in der Klinik. Auf meinem Streifzug durch die leeren Gänge der K7, der Station für psychisch Kranke wie mich, bin ich nur ein Gefangener meiner Gedanken.

Das Leben macht keinen Sinn, geistert es mir durch meinen kranken Kopf. Denn alles im Leben ist darauf ausgerichtet, etwas aufzubauen. Ich baue meine Bildung auf, baue meine Familie auf, baue meine Karriere auf. Am Ende aber wartet nicht die Vervollkommnung, sondern der Tod. Mein Puls rast und ich fange wieder an zu schwitzen. Ich will schon wieder flüchten, in den süßen Schlaf. Den kleinen Tod. Absurd, oder? Aus Angst vor dem Tod flüchte ich in den kleinen Tod, den Zustand, der mich allerdings die schönsten Träume haben lässt. Dort bin ich ein gut aussehender, charmanter Draufgänger, der weiß, wie man Frauen rumkriegt.

»Essensausgabe«, schallt es durch die Gänge.

Das Mädchen vor mir heißt Hanna oder Johanna. Ich traue mich nicht sie anzusprechen, mag es aber, wie sie ihren Kopf immer neigt, um über irgendetwas nachzudenken. Vielleicht sind wir auf der K7 hier alle nur ein Haufen irrer Vieldenker. Verkopfte, kranke Irre ohne Kompass für ein oberflächliches Leben.

Zurück im Zimmer 304 lege ich mich wieder hin. Meine beiden Zimmergenossen beachten mich gar nicht und ich sie nicht. Sie dämmern voller Medikamente vor sich hin wie ich. Dämmern weg und wachen wieder auf, dämmern weg und wachen wieder auf.

Eine sehr lange Nacht

Es erscheint so friedlich, wenn man aus einer dunkel vergangenen Nacht ins Licht fährt. Der Morgensonne entgegen. Alles schläft und im Kopf ist noch Nacht. Eine sehr lange Nacht.

Es ist keine drei Monate her, dass ich Anna wirklich kennenlernte. Als sie plötzlich da stand, sich unwohl fühlend in ihrem aufgetakelten Kleidchen.

Linda habe ich nach unserem letzten Treffen abgeschrieben. Ich hielt es nicht für fair, nur an Anna zu denken und mit Linda Sex zu haben. Als Anna dann endlich zurück war von ihrem Urlaub, haben wir uns erneut verabredet. Wieder nur zum Reden. Das begann alles gestern und nun fahre ich im Morgengrauen der Sonne entgegen. Ja, so lange haben wir einfach nur geredet.

Nachbars Kirschen

Es sollte mir egal sein, was andere von mir denken. Die ganze Straße weiß es sicherlich schon, dass ich wieder wochenlang in der Klinik für psychisch Kranke war.

Susanne aus der 2 geht mittlerweile auf eine hochangesehene Uni, Tobias arbeitet bei einem Finanzdienstleister. Om ist einfach nur krank. Aber was weiß ich schon vom Leben der anderen. Vielleicht liegen in unserer Straße noch ganz andere Hunde begraben. Ich schaffe es wieder nicht aufzustehen, liege flach da auf meinem ach so gemütlichen Bett. Bei meinem letzten Klinikaufenthalt hat man mir Strategien gegen die Panik beigebracht. Tief durch die Nase einatmen, für drei Sekunden die Luft anhalten und durch den Mund wieder langsam ausatmen. Habt ihr eine Ahnung, was das bewirkt, wenn ich an die Unendlichkeit nach dem Tod denke? Eben.

Streicheleinheiten

Mein zweites Date mit Anna sollte etwas weiter gehen als nur zu reden. Ich habe mich am Mittag mit ihr verabredet, wir wollen zusammen bei ihr einen Film schauen.

Als wir so auf ihrer Couch sitzen, nehme ich ihre Hand in meine und streichle mit den Fingerkuppen ihre Rückhand auf und ab.

»Du machst das wohl öfters?«, lacht sie mich an.

»Das, nur das, hab ich noch bei keiner Frau gemacht. Alles andere schon.«

Ich kremple ihr Shirt am Arm nach oben und beginne mit den Fingernägeln an ihm auf- und abzugleiten. Sie gerät in tiefe Stille durch meine Berührung. Senkt den Kopf gedankenverloren nach unten. Ich stoppe kurz und mache den Fernseher aus, um in eine tiefere Atmosphäre mit ihr vorzudringen.

»Zieh dein Oberteil aus und leg dich auf den Bauch«, befehle ich ihr sanft.

Sie kommt dem ohne weitere Fragen zu stellen – schlaftrunken, wie sie gerade ist – nach.

»Schließ deine Augen.«

Vorsichtig entledige auch ich mich meinem Shirt, um mich dann gleich auf allen Vieren über sie zu beugen. Die vielen kleinen Muttermale an ihrem Rücken gefallen mir sehr. Ich habe sie mir als Zielscheibe für meine Küsse ausgemacht. So beuge ich mich leicht nach vorne, dass nur mein Mund Kontakt zu ihr hat. Ich gebe jedem Muttermal einen kurzen Kuss, nur ganz leicht. Wie eine Streicheleinheit für eine Millisekunde. Ein Flügelschlag eines Schmetterlings auf der Haut. Küsse dann von unten langsam Richtung Hals. Küsse ihren Hals rechts und ihren Hals links. Küsse ihren Nacken.

»Das ist so schön. Du machst das so gut.«

»Ich liebe dich«, rutscht es aus mir raus.

Sie erschreckt völlig, ihren ganzen Körper durchzuckend, und richtet sich auf.

»Was sagst du da?«

»Tut mir leid, ist mir rausgerutscht. Ich hab' dich lieb, wollte ich sagen.«

Sie packt ihr Oberteil, steht auf und geht in ein anderes Zimmer. Als sie wiederkommt, sagt sie:

»Ich möchte, dass du jetzt gehst, Patrick.«

Völlig verdutzt von dem Situationswechsel ziehe auch ich mich wieder an. Stelle mich vor sie.

»Anna, ich mag dich. Ich will noch nicht mal Sex mit dir oder sonst etwas, ich will nur in deiner Nähe sein. Wenn ich dich sehe, wird mir heiß und kalt. Ich …«

Sie sagt nichts dazu, blickt auf die Tür und ich gehe.

Freiheit

Gibt es keinen Gott, so kann ich machen, was immer ich möchte, geistert es mir durch den Kopf. Ich könnte jedes Lebewesen töten, ihm die Haut abziehen, in seinen Hals urinieren. Es in Fetzen reißen bei lebendigem Leib. Alles ist möglich. Ohne Gott ist Ethik obsolet, denn wer will mich bestrafen und wozu auch? Die absolute Freiheit ist es, alles tun zu können. Einfach alles. Damit meine ich die absolute Freiheit des Einzelnen. In meinen Klinikaufenthalten ist meine Freiheit massiv eingeschränkt. Hier, hier draußen, da kann ich eigentlich tun und lassen, was ich will. Manchmal laufe ich an einer Person vorbei und stelle mir vor, wie ich sie mit einer Brotschneidemaschine von den Füßen aufwärts in kleine fleischige Scheiben schneide. Wie lange würde das gut gehen, bevor die Person das Bewusstsein verliert oder verblutet? Ich bin kein Mörder, kein Psychopath und wäre zu alledem niemals fähig. Aber die reine Hypothese gefällt meinem kranken Gehirn. Einfach um der Freiheit willen. Anarchie müsste die Staatsräson dazu lauten. Was wir alles dürfen und nicht dürfen entscheidet aber nicht Om, sondern der Staat. In meinen Augen sollte die Natur die Gesetze für uns Menschen vorgeben. Warum zum Beispiel darf ein Mann nur sexuellen Verkehr mit Frauen ab 18 haben, und nicht, wenn die Natur die Geschlechtsreife durch den ersten Eisprung vorgibt? Dieses Thema ist in der Gesellschaft ein heißes Eisen und weit entfernt von Freiheit, aber auch weit entfernt von der Natur des Menschen, in meinen Augen. Die vollkommene Freiheit würde uns alle wahrscheinlich befreien. Es gäbe keine Zwänge mehr, keine Hindernisse. Ich weiß, dass ich komische Gedanken habe. Aber eigentlich bin ich nur auf der Suche nach dem kleinsten gemeinsamen Nenner. Der einfachsten Lösung, die mir das Leben bieten sollte. Freiheit.

Gleichzeitigkeit

Heute ist kein guter Tag und ich grüble wieder über Dinge nach, die zu nichts führen werden. In der Quantentheorie kann etwas gleichzeitig zwei Zustände haben. Lebendig und tot sein zugleich. Vielleicht bin ich ja ein Teil davon. Wenn ich schlafe, lebe ich, wenn ich wach bin, dann bin ich tot. In meinen Träumen bin ich jemand. Ein gut aussehender junger Mann, der ein wunderbares Leben führt. Deshalb flüchte ich mich so gerne in den Schlaf hinein. Da finde ich keine Angst mehr, sondern wunderbare Dinge, die ich tue. Im realen Leben habe ich das alles, was ich träume, noch nie erlebt. Ein psychisch krankes Mauerblümchen bin ich. Wer genau bin ich dann eigentlich im Schlaf, wenn ich nicht mehr bewusste Entscheidungen treffe? Ist es das automatisierte Ich oder eine reduzierte Version meines Geistes? Es klingelt an der Tür.

Vor mir steht ein durchnässter Postbote mit einem nass triefenden Päckchen.

»Paket für Sie.«

Ich unterschreibe und schaue auf den Absender. Es ist von meinen Mama. Seit ich vor zwei Jahren nach Heidelberg gezogen bin, bekomme ich regelmäßig Lunchpakete von ihr. Sie macht sich immer große Sorgen um mich. Immerhin wiege ich gerade mal 67 Kilo bei einer Größe von 1,83 Meter. Wenn ich träume, dann habe ich eine sportliche Statur, ja, etwas Muskeln sogar. Dann bin ich jemand mit hellbraunem Haar und tiefdunklen Augen. Ich stelle das Paket zu den anderen noch ungeöffneten in die Küche und bewege mich wieder in Richtung Schlafzimmer. Das Buch über Quantentheorie liegt neben meinem Kissen. Ich packe es mir und lese weiter, um irgendwann zu verstehen, was die Welt im Innersten zusammenhält.

Dämonen

Nach unserem letzten Treffen herrscht nun schon einige Tage Funkstille zwischen Anna und mir. Doch heute hat sie mir endlich geschrieben per Whatsapp.

»Hallo Patrick, tut mir leid, das war einfach alles zu schnell, was am Samstag passiert ist. Ich mag dich auch, aber um ehrlich zu sein, eilt dein Ruf dir voraus. Ich will nicht das einhundertste Mädchen sein, das du verführst. LG Anna«

Und sie hat recht. Während unserer Funkstille haben sich auch Linda und die kleine 19-Jährige, deren Namen ich schon wieder vergessen habe, bei mir gemeldet. Es ist Fluch und Segen zugleich, dass ich bei Frauen so gut ankomme. Jetzt habe ich zum ersten Mal etwas, das sich richtig anfühlt. Anna fühlt sich richtig an. Aber sie und alle wissen, ich bin ein Frauenheld mit vielen Geschichten, mit viel Vergangenheit. Linda habe ich geantwortet, immerhin hatten wir eine tolle Zeit miteinander. Aber treffen, treffen will ich nur noch Anna. Wirklich.

2 Tage 3 Stunden später

»Na, du«, tönt es hinter mir.

Es ist Linda, die mich laut anlacht.

»Was machst du hier?«

»Ich gehe zur Arbeit. Kellnern im ›Seven Pub‹.«

Ich hasse das. Sie macht mich tierisch an mit ihrer leichten Unbekümmertheit. Mit ihrer sorglosen Schamlosigkeit.

»Soso, du kellnerst also. Und wann hast du Feierabend?«

»Um eins.«

»Lust, mich danach zu ficken?«

Oh. Mein. Gott. Ich könnte vor Geilheit schon jetzt abspritzen. Nur allein deshalb, weil sie das so sagt, als würde sie fragen, ob ich ein Taschentuch für sie hätte. In dem Moment kommt mir aber Anna in den Kopf und ich lehne mit einem freundlichen »Danke, aber ich kann nicht« ab.

Nach meiner Schicht – ich schließe gerade den ›Seven Pub‹ ab – packt mich eine Hand an der Schulter. Ohne mich umzudrehen wusste ich schon, wer mich da gleich anflehen wird, zu ihr zu gehen.

»Patrick, du darfst mit mir anstellen, was immer du willst«, säuselt Linda, als ich mich umdrehe.

Mein Ich

Wie oft habt ihr euch schon dabei ertappt, etwas genau wie eure Eltern oder Geschwister zu machen? Vielleicht auch den absolut gleichen Geschmack in bestimmten Dingen zu haben? Ist das Teil unseres Erbguts? Bin ich, Om, nur eine Mischung aus dem Erbgut meiner Eltern? Es kommt mir oft so vor. Wie fremdgesteuert bin ich eigentlich durch meine Gene und meine Hormone? Manchmal bekomme ich meine Psychopharmaka umgestellt und gelange in ein absolutes Gefühlschaos. Ich werde zum Beispiel ganz besonders weinerlich, obgleich ich das noch kurz zuvor ohne diese Tabletten nicht war. Ist der Wille, jetzt weinen zu wollen, in meinem Geist oder in meiner Schilddrüse entstanden? Will mein Ich weinen oder sagt mein Körper mir, du solltest jetzt besser weinen? Eventuell nicht ich selbst zu sein bringt mich um den Verstand.

Wenn mein Vater lacht, lache ich genauso wie er. Es ist zwar schon Jahre her, dass ich zuletzt gelacht habe, aber als ich noch gelacht habe, da tat ich es wie er. Auch haben wir denselben Humor. Ist mein Ich frei, so dürfte ich nicht lachen wie mein Vater. Ich bin eine Kopie, nichts weiter. Wie viel Ich steckt in mir? Wenn wir nur vermischte Kopien sind, dann sind wir nicht Ich selbst. Unsere Entscheidungen treffen wir alle aus einem genetischen Impuls heraus, oder aus einer hormonellen Einstellung, die heute mal so und morgen mal so sein kann.

Mein Ich bin nicht ich.

Ich brauche Hilfe. Aber jeder, der mir helfen könnte, ist auch nur ein Mensch und somit Teil dieses Fehlers.

Das Inferno

Lindas Ausspruch, ich könne mit ihr machen, was ich wolle, konnte ich nicht widerstehen. Nun sind wir hier. Ich werfe mich aufs Bett und sage:

»Reite auf mir!«

Sie spuckt in ihre Hand und verreibt es über ihrer Fotze. Dann krabbelt sie auf mich, nimmt meinen Schwanz in die Hand und schiebt ihn in sich hinein. Hinter uns steht ein Wandschrank mit einem großen eingebauten Spiegel. Ich sehe sie so von vorne und von hinten gleichzeitig. Sie schiebt ihren schlanken Traumkörper nach oben und setzt ihn wieder ab. Ihre Hände liegen mit gespreizten Fingern auf meiner Brust.

Im Spiegel hinter uns kann ich ihren Arsch sehen und sogar das Hervorblicken ihrer Rosette, wenn sie nach unten geht. Ich kann förmlich riechen, wie feucht sie ist. Ihr macht das tierisch Spaß, meinen harten Schwanz in sich aufzunehmen und dabei die Kontrolle über alles zu behalten. Um mehr in die Aktivität zu gehen fasse ich ihren Hintern mit beiden Händen und hebe sie an. Dann lasse sich sie wieder langsam nach unten gleiten bis zum Ende. Ihr Becken bebt förmlich als sie das erste Mal kommt. Der Spaß ist jedoch noch nicht vorbei. Nun habe ich die Kontrolle vollständig übernommen und schiebe sie mir zurecht, wie es mir passt. Ich rolle ihr Becken in kreisenden Bewegungen hoch und wieder runter.

Nach weiteren zehn Minuten ist mein Schwanz zum Bersten dick. Lindas Haare sind total verschwitzt und sie schaut nur noch an die Decke.

»Ich komme!«, stöhne ich.

Intuition im Bauch

Der Solarplexus ist eine Nervenansammlung im Bauch, die wie unser Gehirn funktioniert. Ein Bauchgehirn sozusagen. Mein Bauch sagt mir vieles. Gerade zum Beispiel, dass ich jetzt besser ein Lorazepam gegen meine Gedanken nehmen sollte. Mein Bauchgefühl sagt mir auch, das Leben wird nicht gut ausgehen. Es wird schlecht enden. Es muss jetzt enden. Hier.

Ich bin bereit zu sterben.

Hier am Abgrund der äußeren Brüstung der Autobahnbrücke pfeift der Wind aus allen Richtungen. Nachts habe ich spontan meinen Entschluss gefasst, dem Ganzen ein Ende zu bereiten. All der Trauer und des Schmerzes wegen.

»Aaahh!«, schreie ich in die Leere unter mir, während ich mich von der Brüstung weglehne. Tausend Gedanken gehen mir durch den Kopf. Wo lande ich, wenn ich dort unten lande? Wo bin *ich* dann? Mir wird schlecht. Schwindel macht meine Sinne trunken. Alles fängt an sich zu drehen und trotz des Windes bekomme ich kaum Luft.

Niemand sieht mich, niemand hört meine Schreie. Welch eine Metapher für mein Dasein.

Augmented Reality

Gedanken an meine Träume schießen mir durch den Kopf. Der einzige Ort, an dem ich mich wohlfühle. Seit zwei Stunden oder länger stehe ich hier auf der Brücke. Mir ist kalt. Der Impuls zu springen kommt mir immer wieder. Aber im letzten Moment traue ich mich dann doch nicht. Vielleicht sollte ich es dabei belassen, nur in meinen Träumen wirklich am Leben zu sein. Eine erweiterte Traumrealität als die wahre Realität hinzunehmen. Nach weiteren zwei Stunden gebe ich auf, klettere wieder von der Brücke. Es war mein erster Selbstmordversuch – der scheiterte. Vielleicht muss ich mich langsam rantasten, bis ich es wirklich schaffe. Am Seitenstreifen der Bundesstraße gebe ich mich weiter meinen Gedanken hin, denn der Rückweg ist noch weit bis in die Stadt hinein. Zurück zu all den glücklichen und beschäftigten Leuten dieser Provinzstadt. Ab jetzt werde ich nicht mehr versuchen leben zu wollen. Ab jetzt werde ich schlafen, um zu leben. Noch mehr als ich es eh schon tue.

Zurück in meiner Wohnung angekommen, ist mein erster Gang der zum Medikamentenschrank.

»Why is everything so heavy?«, murmel ich vor mich hin, bevor ich die Tablette schlucke.

Zusammenkunft

Keine Linda mehr. Keine Lisa und Claudia und Julia. Ich mache nun endgültig Schluss damit. Beginne eine echte Beziehung mit Anna. Eine Beziehung, die nur auf reiner Liebe fußt.

Sie schaut mich mit ihren großen wachen Augen an.

»Ich liebe dich, Patrick.«
»Dann sind wir jetzt ein Paar«, erwidere ich.

Tränen aus Gold

Seit ich ein kleiner Junge war, habe ich nicht mehr so geweint. Ich bin so glücklich, mit Anna fest zusammen zu sein. Sie ab jetzt immer bei mir zu haben. Schluss mit den Frauengeschichten. Erwachsenwerden. Die Sonne geht gerade auf, als ich mich mit meinem Tee auf den dreckigen Balkon setze. Umringt von toten bis halbtoten Pflanzen in erbärmlichen, viel zu kleinen Töpfen. Tränen der Freude kullern mir wie aus dem Nichts herunter.

Ich glaube, ich habe jetzt mein Glück endlich gefunden, denke ich mir.

»Enttäusch mich nicht«, hat sie warnend von sich gegeben, als wir uns gerade verabschiedeten. Nein, das werde ich nicht. Sie ist die perfekte Frau für mich, ich will alles mit ihr teilen und nur mit ihr.

Die Vögel spielen ihr allmorgendliches Konzert, während ich gerade meinen Tee genieße. Es klopft laut an der Wohnungstür. Dort angekommen frage ich durch die verschlossene Tür:

»Wer ist da?«

»Ich, du Doofi. Anna. Ich wollte dir nur sagen: Ich liebe dich.«

»Ich liebe dich auch!«, rufe ich ihr entgegen, während ich die Türe öffne. Man sieht nur noch einen Schatten am Treppenhaus vorbeihuschen.

»Du Spinner!«, rufe ich laut durchs ganze Haus und schließe die Tür wieder.

Meine Augen werden schon wieder feucht vor Freude. Noch nie war ich so glücklich.

Der Norden

Sie sieht bedrückter aus als sonst, als wir im kalten Regen gen Auto laufen. Ihr nasses Haar wirkt einfach wunderbar, wie es an Teilen ihres Gesichts klebt.

»Wieso bist du mitgefahren?«

»Ich wollte, wie das so ist, Urlaub mit dir machen. Ein ganzes Wochenende nur wir zwei.«

»Und gefällt dir Kopenhagen bis jetzt?«

»Etwas verregnet, aber das ist schon eine tolle Stadt mit einer aussagekräftigen Architektur.«

Am Auto angekommen öffne ich ihr die Türe.

»Du Charmeur«, entgegnet sie mir.

»Ich will dich wieder glücklicher sehen und hoffe, dass nur der Regen deine Stimmung gerade trübt.«

Sie erwidert nichts.

Ich steige ein, starte den Motor nicht, bis sie endlich fragt.

»Warum fährst du nicht los?«

Der Regen hämmert auf die Windschutzscheibe.

»Anna. Ab jetzt gibt es nur noch dich. Dieser Kurztrip soll der Beginn unserer Liebe sein. Ich weiß, dass ich in meiner Vergangenheit ein anderer war, aber das war einmal.«

»Das freut mich zu hören, Patrick.«

Ich nehme leidenschaftlich ihre Hand hoch und lege sie in meine. Streichle ihr über den Handrücken und sage:

»Du bist der Zauber meines Lebens.«

Der Regen wird heftiger und trommelt laut auf dem Autodach, als wolle er sagen »fahrt endlich los«.

Im Hotel

Im Hotelzimmer angekommen ist unser erster Gang ins Bad. Ein jeder nimmt sich ein Handtuch und bürstet sich, damit die Haare trocknen und das Gesicht. Im Zimmer ist es herrlich warm. Eigentlich ist schon fast Sommer, aber dieser Regen hier in Dänemarks Hauptstadt bringt noch einmal die Eiseskälte des Winters zurück. Ich stehe vor Anna und greife sie sanft an den Hüften. Ziehe sie zu mir heran. Ihr Kopf liegt unter meinem Kinn.

»Was meintest du vorhin mit ›Zauber deines Lebens‹?«, flüstert sie in meine Brust.

»Ich hatte endlos viele Affären, aber als ich an diesem einen Silvesterabend deine Hand versehentlich berührte, war das wie ein Zauber. Es war wie ein Blitzschlag, der in mich fuhr, und seitdem bist du der Zauber meines Lebens. Erinnerst du dich daran?«

»Ja. Ich kenne die Situation noch.«

Die Heizung im Zimmer ist wohl voll aufgedreht. Es herrscht eine kuschelige Atmosphäre aus dicker weißer Bettwäsche und einem viel zu warmen Zimmer. Man fühlt sich wie in Watte gepackt. Wir legen uns beide auf die aufgeplusterten Decken und Kissen und sinken sofort ein in eine wohlige warme Schwere.

»Ich könnte jetzt einschlafen«, sagt Anna.
»Geht mir genauso, lass uns einfach etwas schlafen. Die Stadt können wir auch morgen noch besichtigen. Gute Nacht, Zauberin.«

Es dauert keine zehn Minuten und wir sind umhüllt von dieser wohlig warmen Schwere, davon sofort eingenommen und schlafen direkt ein.

Vorzeichen des Todes

Es klingelt das Telefon.

»Om Lenting hier, hallo?«

»Sind Sie der Sohn von Marta Lenting?«

»Ja, wieso, wer will das wissen?«

»Bitte entschuldigen Sie, hier ist das Stadtkrankenhaus Heidelberg, es geht um Ihre Mutter.«

Nun ist es also so weit, meine Mutter wurde wegen Verdacht auf Nierenversagen in die Klinik eingewiesen. Ich muss schnell zu ihr und alles im Detail genau herausfinden, was passiert ist.

An der Klinikrezeption angekommen frage ich einen mürrischen alten Mann vor mir nach der Station C2. Er brummelt nur in seinen dicken Bart, ohne den Mund weit genug aufzumachen. Ich muss mich sehr konzentrieren, um alles mitzubekommen. Gehe in den Fahrstuhl, um in die zweite Etage zu fahren. Mein Herz rast, da ich so unglaubliche Platzangst habe. Hoffentlich bleibt er nicht stecken, denke ich mir.

Ich klopfe an das Zimmer 203 und gehe hinein.

»Mama«, rufe ich leise aus.

Sie sieht mich an aus ihrem Bett mit ihren vielen Schläuchen im Gesicht und sagt:

»Hallo, Kind.«

Mir kommen sofort die Tränen, als ich in ihre Augen blicke. Ihre Augen, so voller Angst und Trauer. So habe ich sie noch nie gesehen.

»Meine Nieren versagen, ich werde sterben, mein Junge«, erklärt sie mir ohne Umschweife.

Meine Mutter war immer für mich da, egal wie schlecht es mir ging, sie war immer der starke Ast in meiner Jugend, der alles organisiert hat.

»So ist der Lauf der Dinge«, sagt sie völlig kühl.

Wir haben uns in letzter Zeit sehr selten gesehen, ich war viel zu sehr mit meinen eigenen Ängsten um den Tod beschäftigt, und nun blickt sie in des Todes Augen.

»Wie kann das sein, was genau sagen die Ärzte?«

»Das mir noch etwa eine Woche bleibt und ein Spenderorgan in meinem Alter nahezu ausgeschlossen ist, gerade in der Kürze der Zeit.«

Sie nimmt meine Hand und sagt:

»Ich grüße dich dann von der anderen Seite.«

Hitlers Reinkarnation

Oft liege ich nur da und starre in den Fernseher, wenn ich schlechte Tage habe. Und ich habe oft schlechte Tage. Eigentlich kann ich mich gar nicht mehr an den letzten guten Tag erinnern. Ich sehe dann Dokus, häufig die über das Dritte Reich. In manchen Szenen, in welchen man Hitler sieht, bekomme ich ein Déjàvu. Da denke ich mir, das, genau das, habe ich doch schon erlebt, nur aus der Ego-Perspektive. Bin ich die Reinkarnation von Adolf Hitler? Es folgen dann weitere, bruchstückhafte Erinnerungen aus dieser Zeit. Entweder ist das eine sehr genaue Einbildung oder ich bin das wiedergeborene Böse.

Sanftes Erwachen

Im Hotel bin ich der Erste, der erwacht. Das Licht im Zimmer ist runtergedimmt. Draußen dämmert schon der Abend. Anna liegt auf der Seite mit dem Gesicht zu mir. Sie schläft noch tief und fest und zuckt nur ab und zu mit den Augenlidern. Es scheint, dass sie träumt. Ich möchte sie wecken, auf meine Weise und bewege mein Gesicht zu ihrem. Spreize die Lippen und küsse sie sanft auf den Mund. Weiche zurück und gleich noch mal. Sie schläft weiter. Dann küsse ich sie richtig. Lasse meine Lippen und meine Zunge über ihren geschlossenen Mund gleiten. Öffne ihren Mund ganz leicht mit meinem. Nun spüre ich ihre Bewegung an meiner Zunge. Ohne die Augen zu öffnen, küsst sie mich zurück, so leidenschaftlich, dass es mich total überrascht. Sie hält die Augen weiter geschlossen und rollt sich auf mich, ohne ihren Mund abzusetzen. Meine Hände wandern zu ihren Hüften und wir küssen uns so sinnlich, so sinnlich habe selbst ich noch nie eine Frau geküsst. Ihre Augen sind immer noch geschlossen und sie sagt kein Wort. So liegen wir zehn Minuten lang da. Im abgedunkelten, aber wohlig warmen Zimmer des Hotels in Kopenhagen.

Nach einiger Zeit öffnet auch sie ihre Augen und sie rutscht von mir herunter. Sieht mich nur an und sagt schließlich:

»Ich glaube dir.«

»Was glaubst du mir?«

»Dass es ab jetzt nur noch mich gibt.«

Stille.

»Wollen wir die Stadt ein wenig erkunden?«

Wir ziehen uns an und verlassen das Hotel um 19.20 Uhr.

»Lass uns ein hübsches Restaurant suchen, ich habe Hunger, und du?«

»Ja. Aber was typisch Dänisches.«

Tschüss, Mama!

Der Wind pfeift mir in die Jacke. Der Pfarrer hält gerade eine Ansprache über Marta, meine Mutter. Eigentlich kannte er sie doch gar nicht. Was erzählt er da bloß? Nur belanglose Dinge, die oberflächlicher nicht sein könnten.

Die Tage bis zu ihrem Tod vergingen einfach zu schnell. Jeden verdammten Tag war ich bei ihr. Habe ihre Hand gehalten und mit ihr über den Tod sinniert. Das war ihre letzte Lehrstunde an mich. So offen und frei über ihren bevorstehenden Tod mit mir zu reden. Selbst in der Stunde ihres eigenen Todes wollte sie mir Kraft geben, mir die Angst davor nehmen.

»Denk immer an meine Worte, Om, der Tod gehört zum Leben nun mal dazu und ist etwas ganz Einfaches, etwas Natürliches. Er tut nicht weh. Nur das Sterben selbst kann wehtun, aber danach finden wir Frieden.«

Das Beerdigungsinstitut lässt die Urne langsam ab in das tiefe dunkle Loch. Gleich wird sie verscharrt mit Erde. Zuvor noch darf ein jeder, der gekommen war, Abschied nehmen. Alle kippen ein Schäufelchen Sand über die Urne, die in dem tiefen Loch liegt. Um mich rum sind fast nur weinende Menschen oder die, die mit den Tränen mit sich kämpfen. Nur ich, ich weine nicht. Warum? Weil ich mich wieder einmal selbst sediert habe. Ohne würde ich das nie und niemals packen. Wie eine Marionette unter vielen kippe auch ich ein Schäufelchen Sand über meine Mama. Kippe Sand auf die verbrannten Überreste meiner Mama. Kippe Sand auf die toten, verbrannten Überreste meiner geliebten Mama. Tschüss, Mama!

Schlechte Nachrichten

Wieder angekommen im Zimmer mache ich mich unter die Dusche. Als ich nach einigen Minuten rauskomme, sitzt Anna mit verschränkten Armen auf dem Bett und starrt ins Leere, mit einer Miene, die ich so an ihr noch nicht gesehen habe.

»Ist was?«, frage ich sie.

»Deine anderen Frauen haben dir geschrieben. Linda und eine, die du unter ›Name vergessen‹ gespeichert hast.«

»Hast du etwa mein Handy durchsucht, während ich geduscht habe?«

»Nein, es vibrierte mehrmals, also habe ich auf den Sperrbildschirm geschaut. Sieh selbst nach, was sie dir geschrieben haben, die wenigen Worte vom Sperrbildschirm haben mir schon gereicht.«

Ich knie mich nieder und falte die Hände zum Gebet.

»Anna, meine Anna. Das war alles vor dir. Sie schreiben zwar noch, aber ich werde darauf nicht reagieren. Ich bitte dich so sehr. Bitte glaube mir nur dieses eine Mal.«

Sie sieht mich an, wie ich so da knie und in einer Jesus-Pose die Hände gefaltet habe, und fängt an zu lachen. Sie lacht und schüttelt dabei den Kopf immer wieder hin und her. In ihren Augen bilden sich Tränen, wahrscheinlich eine Mischung aus Tränen des Lachens und Tränen der Traurigkeit.

»Ich möchte, dass du das klärst. Du sollst dich bei den anderen Frauen nicht tot stellen. Du musst sagen, was ist.«

»Das werde ich, sobald wir zurück sind«, erkläre ich ihr freudestrahlend, während ich meine Pose aufhebe und zu ihr ins Bett klettere.

Wir sehen uns an und sie fängt erneut an laut zu lachen.

»Name vergessen«, lacht sie. »Hattest du mit so vielen Frauen etwas, dass du dich an manchen Namen schon nicht mehr erinnern kannst?«

Sie reibt sich eine Träne aus dem Auge.

»Alles kurze Intermezzos ohne Liebe«, flüstere ich ihr zu. »Wenn ich zurück bin, kläre ich das mit jeder einzelnen Liebschaft.«

Am darauffolgenden Tag ist es, als wäre nichts gewesen. Wir stehen schon um sieben Uhr auf, um möglichst den ganzen Tag die Stadt zu erkunden. An der Uferpromenade finden wir die Kleine Meerjungfrau, eine kleine Bronzefigur und das Wahrzeichen Dänemarks. Im Vergnügungsviertel Nyhavn essen wir zu Mittag und an der Strøget – der längsten Fußgängerzone Europas – schlendern wir durch die vielen kleinen Läden. Anna findet in einem der Läden eine Laterne aus Zinn und Glas, die sie dann auch mitnimmt. Das Schloss Amalienborg bildet am Abend den Schluss unserer Städtereise. Hier lassen wir uns an mehreren Stellen zusammen fotografieren.

Hypnose

Meine Angstattacken sind seit dem Tod von Mutter natürlich stärker geworden. Ich habe neue verrückte Ängste hinzugewonnen. Zum Beispiel denke ich, dass eventuell das Haus, in dem ich wohne, bald einstürzt, weil so viele schwere Sachen auf allen Etagen stehen. Daran muss ich vor allem dann denken, als ein Nachbar mit der Bohrmaschine das Mauerwerk in Beschuss nimmt, um ein Regal aufzuhängen. Eine weitere neue Angst ist die Angst, von einem Schwarzen Loch einfach verschluckt zu werden. Schwarze Löcher schlucken alles Licht, man sieht sie also nicht kommen, wenn sie einem denn zu nahe kommen. Es macht dann einfach »flupp« und die Erde ist weg.

Nachdem mein Psychiater Dr. Kopp schon alles an medizinischen Wundertablettchen an mir ausprobiert hat, muss ich mir eine neue Strategie überlegen. Psychotherapie kann mir nicht helfen, das habe ich schon zu oft hinter mir. Also begebe ich mich auf den Weg zu einer Hypnotiseurin ganz in meiner Nähe.

Auf dem Weg zu meinem Termin schießen mir sämtliche negative Gedanken dazu in den Kopf. Kann ich in der Hypnose hängen bleiben? Kann ich überhaupt in Hypnose fallen? Verbrenne ich als Selbstzahler hier nur mein weniges Geld?

Dort, an einem privaten Familienhaus angekommen, öffne ich die Hoftür und laufe die Treppe Richtung Keller hinunter. So, wie es mir die Frau aufgetragen hatte. Unten angekommen steht die Tür bereits einen Spalt offen. Ich denke, das ist ihre Art »Willkommen« zu sagen und schon ein Teil der Sitzung. Man muss sich schließlich wohlfühlen bei einer Hypnose. Ich gehe hinein, ums Eck durch die zweite geöffnete Türe und lasse mich auf einem bequemen Liegehocker nieder. Frau Zöfel ist noch nicht da. So warte ich also auf ihre Erscheinung und döse leicht ein.

Zuhause im Glück

Das Wochenende in Kopenhagen verging viel zu schnell. Nun sind wir schon wieder auf der Rückfahrt und ich sitze am Steuer.

»Soll ich irgendwo anhalten, dass wir mal eine Pause machen?«

»Nein, fahr ruhig durch, ich will unbedingt schnell nach Hause.«

»Was ist denn Zuhause?«

»Na, meine Familie und mein eigenes Bett. Es war sehr schön Patrick. Danke für die schöne Zeit und einige unvergessliche Momente.«

»Ich danke dir, dass du mit mir hier hochgefahren bist und dass du an mich glaubst.«

»Ja, ich glaube an dich. Du wirst schon das Richtige machen, wenn wir zurück sind.«

Flashback

»Herr Lenting?«

Ich öffne die Augen und da steht sie vor mir. Meine neue Hypnotherapeutin. Sie hat lange, rot gelockte Haare, ist um die 50 Jahre alt und für ihr Alter noch ziemlich ansehnlich.

»Sind Sie gut angekommen?«

»Ja, doch, danke. War leicht zu finden.«

Sie nimmt eine Streichholzpackung, zündet eine Kerze an und löscht das übrige Licht. Dann nimmt sie mir gegenüber auf einem grünen Ohrensessel Platz.

»Ich muss Ihnen erst erklären, dass es zwei Arten von Hypnose gibt. Die Showhypnose und die therapeutische Hypnose. Bei der Showhypnose wird das Publikum vorher abgecheckt. Es werden so besonders labile Persönlichkeiten gesucht, die dann auf der Bühne auch wirklich alles mitmachen, was der Hypnotiseur möchte. Bei einer seriös therapeutischen Hypnose bekommen sie alles mit. Sie sind wach und ich kann und werde sie auch nicht manipulieren.«

»Okay, verstanden.«

»Zu Beginn schließen Sie bitte Ihre Augen oder fixieren Sie einen Punkt vor Ihnen.«

Sie fragt verschiedene Sachen aus meiner Kindheit und frühen Jugend ab. Schließlich gelangt sie zu dem Punkt, an dem ich mit 15 einmal Drogen genommen habe. Einmal LSD genommen und dabei gleich einen Horrortrip bekommen.

»Gehen Sie den Weg weiter. Sie haben die Pille geschluckt und gehen weiter auf dem Weg. Was passiert dann?«

»Ich bekomme Angst.«

»Ihr jüngeres Ich bleibt jetzt stehen. Sie, im heutigen Ich, kommen von oben herabgeflogen und stellen sich vor ihr jüngeres Ich. Sagen Sie ihm, dass er keine Angst haben braucht. Nehmen Sie ihr jüngeres Ich in den Arm. Sagen Sie ihm, alles wird gut werden.«

»Alles wird gut werden, Kleiner.«

»Was passiert als Nächstes?«

»Om geht weiter, alles, was ich sehe und erlebe, habe ich schon Tausende Male gesehen und erlebt. Der Trip gaukelt mir vor, in einer dauerhaften Zeitschleife gefangen zu sein, aus der es kein Entkommen gibt.«

Nun merke ich, wie sehr ich schwitze und begreife noch während der Hypnose den Zusammenhang zwischen dem Horrortrip und meiner unglaublichen Angst vor der Unendlichkeit.

»Ich zähle jetzt von 10 rückwärts und bei jeder Zahl werden Sie ein Stück wacher. 10, 9, 8, … 3, 2, 1 … Öffnen Sie in Ihrem eigenen Tempo Ihre Augen.«

Es ist still und ich öffne meine Augen.

Mit offenen Karten

Meine Taktik ist einfach. Ich schreibe allen Frauen folgende Zeilen:

»Hallo, du, ich habe eine gute und eine schlechte Nachricht. Die gute ist, ich bin bis über beide Ohren verliebt. Die schlechte ist, ich muss den Kontakt zu dir abbrechen und deine Nummer löschen.«

Es kommt natürlich nichts zurück, von keiner meiner Angebeteten.

In den darauffolgenden Tagen begegne ich Linda. Auch sie schaut mich nicht mehr an. Es scheint, als wäre das ein einfacher Schritt gewesen, der funktioniert hat.

»Du kannst eine andere gerne lieben, aber mich, mich fickst du, okay?«

Und da ist sie. Die Nachricht von einer, die das so nicht einfach stehen lassen will. Eine Nachricht von Linda, die mich tags zuvor noch nicht mal mehr angeschaut hat.

Zumindest also mit einer habe ich noch etwas zu bereden. Meine Whatsapp-Nachricht allein genügt ihr hier noch nicht. Also mache ich mich auf den Weg zu ihr. Es ist 19.30 Uhr vorbei und sie arbeitet immer im »Chelsea«, einer kleinen Eckkneipe am Rande der Innenstadt. Dort angekommen sehe ich sie. Ihren sexy Körper, den sie über einen Tisch beugt, um ihn mit einem Tuch zu säubern. Ruhig bleiben, Patrick, sage ich mir innerlich. Beim Hineingehen ist sie schon über den nächsten Tisch gebeugt, mit ihrem Hinterteil in meine Richtung. Dieses Hinterteil macht mich wahnsinnig, ich lasse mir nichts anmerken und laufe zu ihr.

»Wir müssen wirklich mal reden«, schnauze ich sie an.

Sie dreht sich um, wirft den Lappen auf den Tisch und stemmt die Hände in die Hüften.

»Wenn du meinst, ich lasse dich für diese Schlampe gehen, täuschst du dich«, erwidert sie mir.

»Sag mal, spinnst du? Wir lieben uns. Ich liebe sie aus tiefstem Herzen. Das mit uns, das war nur Sex.«

»Guter Sex«, gibt sie zur Antwort.

Ich schüttle den Kopf und schaue auf den Boden.

»Lass mich dich nur um eines bitten«, sage ich mit leiser Stimme. »Mach mir das nicht kaputt.«

Sie erwidert mir nichts mehr und ich verlasse still das noch leere Lokal.

Die Vergangenheit

Das ist er also, der Ursprung all meiner Ängste. Die Hypnose hat mir die Augen für das geöffnet, was schon immer da war. Aber ich habe es einfach nie gesehen. Der Horrortrip – meine Jugendsünde – ist der Auslöser für alle meine psychischen Leiden. Ich liege auf meiner Couch, im Hintergrund läuft wieder der Fernseher. Noch benommen von der letzten Panikattacke und dem darauffolgenden Lorazepam liege ich dort in Fötusstellung. All die Jahre, die Therapien, die Tabletten, die Klinikaufenthalte. Alles nur wegen dieses Trips. Warum bin ich da nicht draufgekommen? So blind war ich. In meinem Horrortrip war die Zeitschleife unendlich, in welcher ich gefangen war. Genauso unendlich wie die Unendlichkeit nach dem Tod.

Ich dachte immer, es wäre der frühe Tod meines Vaters gewesen, der mich diese Angst hat entwickeln lassen.

Noch benommen raffe ich mich auf, um ein paar Lebensmittel beim Laden ums Eck einzukaufen.

Tiefe Schwere

Zurück in meiner Höhle, in der ich mich immer wieder verkrieche, rufe ich Anita an, um ihr von meiner Hypnose-Sitzung zu berichten. Sie versteht nun auch besser, warum ich so bin, wie ich nun mal bin. Als wir auflegen, kommt mir meine Mama in den Kopf. Wo sie jetzt wohl ist?

Ich setze mich auf einen Stuhl und schaue regungslos an die Wand. Gedanken aus meiner Kindheit kommen mir in den Sinn. Damals, als ich noch von allem befreit war und beherzt lachen konnte. Meine Mutter hat sich für mich absolut aufgeopfert, bis zum Schluss. Jetzt ist sie weg. Für immer. Ich gehe zum Badschrank, um nachzusehen, wie viele Medikamente ich noch habe, überlege kurz, ob das ausreicht, mir das Leben zu nehmen und verschwinde dann mit allem, was ich finden kann, im Schlafzimmer.

Anna

Es ist noch sehr früh am Morgen, als ich Anna Zuhause besuche. Wir haben uns für einen „Netflix and Chill"-Tag entschieden. Als ich ihre Tür öffne, strahlt sie mir schon die Treppe herunter.

»Hallo, Liebster.«

»Hallo, Kleines.«

Im abgedunkelten Zimmer steht eine große Couch bereit mit mehreren Decken und Kissen und auf dem Tisch liegen süße und pikante Snacks. Selbst auf dem Boden hat sie eine Decke ausgelegt.

Sie hat alles bestens vorbereitet für einen Gammeltag daheim.

»Kennst du ›Breaking Bad‹ schon?«, möchte sie von mir wissen.

»Nein, nur davon gehört.«

»Super, dann lass uns alle Staffeln ansehen, so weit wir heute kommen.«

Ich nicke.

Sie legt sich in die geschützte Ecke des Sofas und ich mich ganz sanft daneben. Wir ziehen uns die Decken bis weit unters Kinn. Meine Hand ergreift unter der Decke die ihrige. Ich raffe mich noch mal leicht auf nach oben, um ihre Stirn zu küssen.

»Dein Résumé nach der ersten Folge?«, kommt von ihr.

»Mir gefällt das, der unscheinbare Lehrer, der zum bösen Drogendealer wird. Fantastische Story.«

»Wollen wir uns eine Pizza bestellen?«

»Ja, und etwas Asiatisches noch dazu. Lass uns eine Fressorgie veranstalten«, freut sie sich.

Ich liebe es, wie kindlich naiv ihre Art sein kann. Sie ist so unbekümmert und so rein. Nicht wie ich, der schon alles gesehen und erlebt hat. Ein junges Ding von 21 Jahren, das wohlbehütet aufgewachsen ist mit seinen Eltern. Sie musste nicht das Heim ertragen und all die Umstände, die das mit sich bringt.

Nach dem Essen frage ich sie:

»Darf ich deinen Rücken massieren?«

»Oh, gerne.«

Ich positioniere sie auf den Bauch liegend, setze mich auf ihr Hinterteil und schiebe ihr Oberteil nach oben.

»Es ist aber eine besondere Massage, eine ohne Hände. Eine Kussmassage.«

Mit meinen halb geöffneten Lippen gleite ich über ihren Rücken. Feuchte ihn damit überall leicht an.

Dann küsse ich sie so zart wie es nur geht. Nur die Lippenspitzen berühren sanft ihren Rücken. Ich küsse sie von oben nach unten und dann von ganz links nach ganz rechts. Dann quer mit Überraschungsmoment immer dort, wo sie es nicht erwartet. Ein manches Mal zuckt sie zurück. Wahrscheinlich, weil es kitzelt.

Nach meiner Prozedur dreht sie sich um.

»Das war zauberhaft schön. Wie der Kuss eines Schmetterlings auf der Haut.«

Anna will mehr

Ich ziehe ihr Oberteil aus und öffne ihren Büstenhalter. Drücke sie leicht zurück auf ihren Rücken. So küsse ich über sie gebeugt ihre Brüste von allen Seiten. Küsse die Spitzen ihrer Brustwarzen und liebkose sie mit meiner Zunge rundherum.

Sie hält die Augen dabei geschlossen und hat den Kopf nach hinten gestreckt. Die Hitze ihres heißer werdenden Körpers ist für mich deutlich zu spüren. Ich halte nun ihre Arme fest nach hinten und mache mich über ihren Hals her. Küsse ihn mit Zunge und Lippen rechts und links. Sie seufzt leicht und in ihrem Gesicht staut sich die Röte auf ihren Wangen. Vorsichtig ziehe auch ich mein Oberteil aus und lege meine Haut auf die ihre. Reibe meinen Oberkörper an ihr in schlangenartigen Bewegungen. Als ich ihre Hose öffnen möchte, mahnt sie mich blitzartig: »Nicht!«

»Vertrau mir, unsere Körper werden nackt sein, aber mehr wird hier nicht passieren. Ich kann das aushalten und du auch.«

Sie lässt mich gewähren.

Langsam öffne ich den Gürtel und ziehe die Hose inklusive ihrer Unterwäsche herunter. Auch ihre Socken streife ich ihr vorsichtig ab. Sie ist nun splitternackt vor mir.

Ich stelle mich neben das Sofa und öffne auch meine Hose, ziehe sie ebenfalls samt Unterwäsche herunter und streife mir die Socken ab. Als ich in ihr Gesicht sehe, hat sie die Augen krampfhaft verschlossen, noch bevor ich splitternackt war. Ich lege mich zu ihr auf die Decke und ziehe die zweite Decke ruckartig über uns.

»Du bist nackt.«

»Du auch«, flüstert sie verschmitzt.

Nun nehme ich sie in beide Arme und drücke sie fest an mich heran. Haut an Haut sind wir an ganz vielen Stellen des Körpers vereint. An der Brust, dem Bauch, den Armen und Beinen. Wir berühren uns gegenseitig ganz vorsichtig an den Unter- und Oberarmen. Schieben unsere Beine zueinander hin und her. Ihr Körper kocht nun vor Aufregung.

»Mehr als das wird nicht passieren, Kleines.«

»Mehr als das brauche ich auch nicht«, seufzt sie zurück.

Peinlicher Suizid

Als ich die Augen öffne, dreht sich alles um mich herum. Ich bin von den Tabletten noch völlig benommen und kann mich kaum bewegen. Ich stelle mich aufrecht hin und wanke ins Bad, um meinem Brechreiz zuvor zu kommen. Stecke den Kopf in die Schüssel und übergebe mich.

Surrealität

Wieder bei Sinnen, nach weiteren sieben Stunden Schlaf, macht sich Erleichterung breit. Erleichterung, dass es doch nicht geklappt hat. Wie wirklich ist die Wirklichkeit, frage ich mich? Was ist real und was nicht? Ist meine Realität echt oder ist das wie im Film »Matrix« eine zweite Realität in der echten? Ich sehe mich um und sehe und spüre alles wie in einer Blase, als wäre es Pappe und nicht echt. Vielleicht haben weit entwickelte Außerirdische für uns eine Realität erschaffen, in der wir gerade leben. Selbst wenn diese Realität die einzig wahre ist, so ist die Realität von Mensch zu Mensch doch subjektiv. Jeder sieht vielleicht etwas anderes durch seine Augen an Farbe, Helligkeit und Details. Wie verschiedene Kameras, die auf dasselbe Motiv zielen und unterschiedliche Bilder erzeugen. Vielleicht leben wir eigentlich unendlich lange, haben uns aber eine zweite Realität geschaffen, die uns vorgaukelt, dass wir endlich sind. Dann, am Ende, wird einfach zurückgespult und die Erinnerungen werden gelöscht. Nur, um die Tatsache der Unsterblichkeit zu vertuschen. Um nicht völlig durchzudrehen nach Millionen gelebten Jahren. Vielleicht ist aber auch Gott derjenige, der uns vorgaukelt, das Leben ist endlich und danach kommt der Himmel. Vielleicht spult er nur die Kassette zurück auf Anfang und lässt uns Tausende Male Neues erleben.

Ich kann mir das Nichts einfach nicht vorstellen, das Nichts nach dem Tod. Was soll das sein und wie lange geht das?

Das Nichts. Das Nichts außerhalb des Universums kann ich mir auch nicht vorstellen. Also wer weiß, was genau hinter den Grenzen des Universums steckt?

Nichts, Unendlichkeit, Immer. Das sind die Dinge, vor denen ich mit einem Suizid flüchten möchte. Aber genau dort gelange ich dann hin, wenn ich sterbe. Im Leben aber, da halte ich diese Fragen nicht länger aus. Ich habe keinen Job, keine Freunde, kein glückliches Leben. Nur diese kreisenden Gedanken um die größten aller Fragen.

Freimaurerei

Um den größten aller Fragen auf den Grund zu gehen, habe ich mich zu einem Clubabend bei den Freimaurern eingelassen. Es ist gleich acht Uhr abends und ich öffne die große hölzerne Tür zur Loge. Es ist schon ein Wunder, dass ich mich als introvertierter Om überhaupt aus dem Haus getraut habe und dann gleich zu einem Geheimbund. Es geht eine Wendeltreppe zwei Stockwerke nach oben in diesem Sandsteingemäuer. Die Fenster sind schlecht verglast mit kleinen Zinnbildchen darin. Es ist kalt. Oben angekommen klopfe ich an die Türe. Ein weißbärtiger Mann mit kräftiger Statur öffnet mir.

»Sie sind also der suchende Lenting, richtig?«

»Suchender?«

»Das sagt man so zu allen, die zum ersten Mal bei uns vorbeischauen.«

»Dann bin ich das wohl.«

Beim Hineingehen entdecke ich die weiteren Brüder der Loge, alle in schicken schwarzen Anzügen mit Krawatte und Fliege und sogar einen Zylinder hat ein mancher auf. Ich bin völlig underdressed, welche Peinlichkeit man mir noch anmerken wird.

Nach gefühlt einhundert Händedrückereien nehmen alle Platz, wie auch ich. Der Oberste – man nennt ihn Meister – spricht eine kurze Eröffnungsrede und rezitiert einen Sinnspruch von Marc Chagall.

»Heute haben wir einen neuen Suchenden in unserer Runde. Sein Name ist Om Lenting. Bitte stellen Sie sich kurz vor.«

Ich stehe auf und erkläre, wo ich her bin und was mich hierhergeführt hat.

Die Brüder klatschen.

»Herzlichen Dank für deine Offenheit, mein lieber Suchender.«

»Das Thema des heutigen Clubabends ist ›Der Sinn des Lebens‹.«

Bingo! Hier bin ich richtig, rufe ich in Gedanken laut aus.

»Welcher der Brüder möchte beginnen, seine Gedanken dazu mit uns zu teilen?«

»Ehrwürdiger Meister, ich, Bruder Philip, möchte einen geistigen Beitrag dazu leisten.«

Es geht reihum und die alten Herrschaften sprechen völlig frei ihre Gedanken zu diesem Thema aus. Im Anschluss diskutieren sie darüber. Wägen Dinge ab und ein jeder saugt die Gedanken des anderen auf.

»Vielen Dank an alle, es hat mir sehr viel Spaß gemacht hier gewesen zu sein und ich möchte auch gerne wiederkommen«, verabschiede ich mich.

Zu Besuch

Anna möchte mich ihren Eltern vorstellen, deshalb stehen wir hier vor deren Eigenheim in einem Vorort von München.

»Keine Angst, sie werden dich schon mögen«, lacht sie mich an.

Anna klingelt auf dem einzig angebrachten Schild mit Namen Werner. Das Türschloss wird piepsend entsperrt und wir treten in ein mit Marmor gefliestes Treppenhaus.

Eine voluminöse Frau ruft uns entgegen:

»Hallo, ihr zwei, ich habe euch schon erwartet.«

Als wir eintreten, werde ich von der Mutter gleich umarmt. Ihr Vater reicht mir – ganz wie bei Männern üblich – mit einem trockenen »Hallo« seine Hand.

Auf dem Küchentisch stehen verschiedene Kuchen zur Auswahl.

»Bitte setzt euch doch.«

»Das ist also dein erster Freund, Anna«, startet der Vater den Kaffeeplausch.

Ich drehe mich zu ihr: »Ich bin dein erster Freund?«

»Wie süß, er wusste das gar nicht«, bringt sich die Mutter ein.

Anna stochert etwas beschämt mit der Gabel im Kuchen.

»Ja, Patrick ist mein allererster Freund, so ist es.«

»Und habt ihr vor zu heiraten?«

»Papa!«

»Du weißt Kind, kein Sex vor der Ehe.«

Ich reiße meine Augen auf und es herrscht eine Totenstille im ganzen Raum. Niemand sagt etwas. Kein Geräusch ist zu hören.

»Wie läuft es in der Uni?«, fragt die Mutter die Tochter.

»Sehr gut, mir macht es Spaß und die Noten passen auch.«

Die Floskeln finden kein Ende an diesem Nachmittag. Doch als der Tag geschafft ist, sind Anna und ich überglücklich, es hinter uns gebracht zu haben.

Auf der Suche nach dem Ich

»Wie und wann entsteht unser Bewusstsein?«, murmel ich vor mich in. »Was ist der Ursprung des Ich. Mein Ursprung. Ich denke, also bin ich. Woher kommt dieses denkende Ich? Es muss doch mehr sein als ein Stück Fleisch, das elektrische Signale hin- und herschiebt.«

Der Doktor schmunzelt nur und sieht mich an, als komme ich von einem anderen Stern.

»Om, diese Gedanken zu haben ist toll, das sind sehr reife Gedanken. Aber Ihr Problem ist die Angst vor all diesen wirren Gedanken.«

»Wirre Gedanken.«

»So meinte ich das nicht. Auf jeden Fall geht es um Ihre Ängste dahinter, die müssen wir und vor allem Sie in den Griff bekommen. Ich kann Ihnen nur die richtigen Medikamente verschreiben. Sind denn diese Gedanken zwanghaft, also dass sie nicht für eine Minute aus Ihrem Kopf verschwinden?«

»Immer sind sie nicht da, aber sehr oft und auch immer sehr unterschiedliche.«

Dr. Kopp nimmt einen leeren Zettel und seinen silbernen Kugelschreiber zur Hand. Er fängt an zu notieren.

»Bitte nicht noch eine Therapeutin«, möchte ich ihn unterbrechen.

»Es ist eine, die auf Zwangsstörungen ausgerichtet ist. Was Sie brauchen ist ein Gedankenstopp. Einen ›bereiteren‹ Kopf.«

Er überreicht mir den Zettel, als ich ihn nehmen möchte, hält er ihn weiter fest und sieht mir tief in die Augen: »Aber auch wirklich hingehen, versprechen Sie mir das?«

Ich nicke.

Badezeit

Sie und ich, wir spritzen uns das Wasser entgegen, dass es nur so durch den Raum fliegt. Der Fußboden und alle Möbel sind schon patschnass. Sie lacht schrill und ich hinterher. Ich stehe auf und schaufle ihr mit beiden Händen das Wasser entgegen. Ein großer Teil trifft nicht mal die Wanne und landet auf dem Boden. Sie springt auf mich. Wirft mich zur Seite, dass eine Riesenwelle entsteht, die überschwappt. Sie nimmt meinen Kopf und tunkt ihn unter Wasser. Ich habe mich noch nie so wohl gefühlt.

Anna und ich sitzen nun schon seit geschlagenen zwei Stunden in meiner Wanne. Ich bin selbst noch verwundert, dass sie meinen Vorschlag, doch zusammen zu baden, auch angenommen hat. Beide haben wir uns entkleidet und sind in die warme Wanne gestiegen. Nach einiger Zeit ist uns langweilig geworden und wir haben angefangen, uns nass zu spritzen. Es hat alles ganz klein begonnen und ist in absolut kindlicher Rage geendet.

Jetzt sitzen wir uns in der halb leeren Wanne gegenüber.

»Achhh, das war so herrlich«, schnauft Anna.

»Ja, das war grandios gut.«

»Einmal wieder Kind sein. Ich hoffe, du bekommst keinen Ärger mit dem Fußboden.«

»Darum kümmere ich mich später, entspann dich.«

Ich nehme ihren rechten Fuß in meine beiden Hände und massiere die Fußinnenseiten mit meinen Daumen. Massiere die Zehen – jeden einzeln – und ihren Fußrücken. Dann lasse ich das Bein wieder ins warme Wasser gleiten und hebe ihren linken Fuß aus dem Wasser, um es ihm gleich zu tun.

Profane Dinge

Daheim angekommen fällt mir auf, wie schlimm meine Wohnung aussieht. Überall stehen Körbe mit dreckiger Wäsche. In der Küche stapelt sich das Geschirr schon seit Wochen. Staub liegt in der Luft und auf allen Tischen, Schränken und Utensilien.

Ich habe keine Kraft, um aufzuräumen. Mir fehlt es an jeglicher Kraft. Das ist ein Teil meiner Depression, diese Antriebslosigkeit. Ich lebe wie ein dreckiger Höhlenmensch in dieser kleinen Behausung.

Es klingelt an der Tür. Anita steht unangemeldet vor mir. Welch ein Timing.

»Meine Güte, wie schaut's denn hier aus? Komm, Om, ich helfe dir. Nimm du deine Wäsche und wirf sie in die Waschmaschine. Ich kümmere mich um deine Küche.«

»Manchmal passieren Dinge, die lassen mich an Wunder oder an Gott glauben«, erwidere ich. »Wie kannst du in genau diesem Moment vorbeikommen und mir auch noch helfen wollen.«

Das Besondere

Anna ist für mich so besonders. So unglaublich besonders. Ich fühle mich in ihrer Nähe einfach nur geborgen. Sie ist kein »Bad Girl«. Sie ist noch Jungfrau und hatte noch nie einen Freund. Wenn ich in ihre Augen blicke, sehe ich nur Vertrautheit. Es ist ein Gefühl, als ob man nach Hause kommt. Ich liebe wirklich alles an ihr. Jedes Wort, das wir sprechen, fühlt sich richtig an. Jede Tat, die wir begehen, fühlt sich richtig an. Jedes Gefühl fühlt sich richtig an. Anna ist die Frau für mich und mein Leben.

»An was denkst du gerade?«, wirft Anna mich aus den Gedanken.

»An uns.«

»Und sind das gute Gedanken?«

»Ja, sehr.«

Ihr erstes Mal

Anna hat alles geplant, sie wollte, dass es schön wird und gut vorbereitet ist. Also verabredeten wir uns für Freitag, den 14. Juli um 18 Uhr, um Sex zu haben. Ich gebe zu, das klingt wie ein Arzttermin, aber was sollte ich sagen, Anna wollte das so. Heute ist der 14. Juli und ich stehe Punkt 18 Uhr vor ihrer Haustüre. Etwas Bammel habe ich schon, ich, der »Don Juan DeMarco«.

In einem schwarzen Kleid öffnet sie mir die Türe. Sie bittet mich förmlich herein und geht voran bis zu ihrem Zimmer. Sie bleibt vor dem Bett mit verschränkten Armen stehen. Überall stehen Kerzen und es duftet nach Rosenparfüm. Ich stelle mich vor sie und greife ihre Hände.

»Bleib ganz entspannt.«

»Okay«, wimmert sie.

Zuerst drehe ich sie zu mir rum und umarme sie von hinten, während ich liebevoll ihren Hals liebkose. Sie riecht wunderbar dort an ihrem Hals. Dann drehe ich sie um und gebe ihr einen langen, ausführlichen Zungenkuss, halte dabei ihr Gesicht fest. Während ich sie küsse, hebe ich sie hoch, mit gespreizten Beinen auf mich.

»Ich liebe dich«, flüstere ich ihr ins Ohr.

Vorsichtig stelle ich sie wieder zurück auf den Boden. Ihr Kleid wird nur von zwei dünnen Trägern am Körper gehalten. Ich wische sie von ihren Schultern. Es rutscht in einem Zug bis auf den Boden, sodass sie lediglich noch in seidig schwarzer Unterwäsche vor mir steht und mich einfach nur ansieht. Sie sagt keinen Ton. Steht da wie eine Statue. Mit meiner Nase rieche ich zwischen ihren Brüsten, den Stoff entlang runter zu ihrem Bauch. Am ganzen Körper ist dieser unschuldige Geruch einer Jungfrau. In die Hocke gehend rieche ich weiter an ihr, zwischen ihren Beinen. Drehe sie vorsichtig mit beiden Händen um, um an ihrem Hintern zu riechen.

»Bleib genau so stehen«, flüstere ich ihr zu. Leise stehe ich auf und entledige mich meiner Kleidung völlig. Ihr Rücken ist noch zu mir gedreht. So gehe ich auf sie zu und lasse sie meinen erigierten Penis durch den Stoff ihres schwarzen Höschens spüren. Mit meiner linken Hand nehme ich ihre und ziehe sie nach hinten. Lege sie flach auf meinem Schwanz ab und verharre in dieser Position. Dann – ihre Hand liegt noch da, wo sie soll – entkleide ich sie der Reste ihrer Spitzenwäsche und werfe sie beiseite. Als ich sie erneut umdrehe, hat sie die Augen geschlossen. So führe ich sie an das Bett heran und lasse sie sitzend Platz nehmen.

»Lehn dich zurück, Anna.«

Ihr Po ist gerade so noch auf dem Bett. Die Beine stehen am Boden. Ich bringe mein Gesicht auf Höhe ihres Intimbereichs. Lehne mich nach vorne und fange an, sie dort zu küssen. Sie riecht so gut dort, denke ich mir. Mit zungenkussartiger Bewegung küsse ich ihre Vulva. Die äußeren und die inneren Schamlippen. Bis ich dazu übergehe, sie intensiv zu lecken. Meinen Kopf drehe ich dabei zur Seite, um mit der Zunge tief in sie einzudringen.

»Rutsch nach oben bis zum Kissen«, sage ich zu ihr.

Sie tut es.

Neben ihr nehme ich Platz. Streichle ihr sanft mit den Fingerkuppen über den Bauch, die Brust und den Hals.

»Geht es dir gut?«, frage ich.

Sie nickt.

Ich klettere zwischen ihre Beine. Gebe ihr einen Kuss auf die Stirn und dringe langsam in sie ein. In sanften Wellen ficke ich sie. Sie stöhnt leicht, als ich zum ersten Mal in sie eindringe.

Es fühlt sich alles so richtig an. Das, das ist kein Sex. Das ist pure Liebe.

Profane Dinge: Check

»Danke, Anita, dass du mir geholfen hast. Ich hätte mich niemals alleine dazu aufraffen können.«

»Gerne mein Lieber. Lass uns etwas spazieren gehen, das wird dir gut tun. Ich zeige dir ein paar Dinge, die ich immer mache, wenn ich in meinen Gedanken feststecke. Und nimm einen Schirm mit!«

Wir gehen einige Meter, vorbei an den Häusern meiner Straße, durch die angrenzenden Straßen hindurch, hinunter zum Wiesenrand, wo auch der Fischteich zu finden ist.

»So, nun hör mir zu, mein lieber Om. Das wird deine Gedanken beiseite räumen. Nenne mir fünf Dinge, die du siehst.«

»Okay. Ich sehe die Laterne, das Gras, die Häuser, die Blumen, das Wasser auf der Straße.«

»Und nun vier Dinge, die du hörst.«

»Ich höre die Vögel, den Regen, ein Auto und deinen Atem.«

»Drei Dinge, die du spürst.«

»Ich spüre den Boden, meine Hand in der Hosentasche und meine Haare an der Stirn.«

»Zwei Dinge, die du riechst.«

»Ich rieche den Regen und das frische Gras.«

»Etwas, das du schmeckst.«

»Ich habe noch Kaffeegeschmack im Mund.«

»Und mein lieber, wie fühlst du dich jetzt?«, fragt mich Anita schmunzelnd.

»Ich fühle mich in der Gegenwart, mehr im Hier und Jetzt. Weniger in meinen Gedanken. Eigentlich gar nicht.«

»Genau das erreicht diese 5-4-3-2-1-Übung. Lass uns zurückgehen.«

Zurück an meiner Wohnung verabschiede ich Anita und gönne mir ein Mittagsschläfchen.

Neuer Mensch

Als wir beide mit dem Sex fertig sind, reden wir Stunden über unsere Gefühle zueinander. Nun sind wir beide wieder angezogen und haben es uns auf Annas Terrasse gemütlich gemacht. Es ist eine warme Sommernacht mit vielen Sternen am Himmel.

»Danke, Patrick, dass du so behutsam mit mir warst. Ich dachte schon, du würdest es mit deiner Erfahrung total übertreiben wollen.«

»Na ja, ich hab noch mehr in petto. Aber für dein erstes Mal wollte ich nicht unbedingt zu weit gehen.«

»Komm, Anna, lass uns hier draußen schlafen, unter dem Sternenhimmel. Nur du und ich«, füge ich hinzu.

Sie geht nach drinnen, holt eine Decke und zwei Kissen und platziert alles im Grasboden vor ihrer Terrasse.

»Ich werde sowieso gleich einschlafen nach so einem Abend«, jammert sie.

»Glaub mir, ich ebenso.«

So legen wir uns direkt auf die Decke, rollen uns zusammen ein wie ein einziger Eskimo mit zwei Köpfen auf zwei kleinen Kissen.

»Ich danke dir«, flüstert sie mir zu, ehe wir einschlafen.

Jungbrunnen

Man wäre gerne für immer jung. So könnte ich selbst entscheiden, wann mir das Leben zu viel wird und ich den Stecker dann eigenständig ziehe.

Ich liege wieder auf meinem Bett und habe diesen Gedanken.

Wenn mein Erbgut sich perfekt kopieren würde, ohne Fehler, dann wäre ich unsterblich. Erst die Fehler im Kopieren lassen uns ja altern und letztendlich sterben. Wenn ich mich jetzt noch an der Uni einschreibe, dann könnte ich Biochemie studieren und vielleicht selbst dafür sorgen, dass sich meine Gene fehlerfrei reproduzieren. Ein Heilmittel für das Altern finden und die Menschheit vom Tod heilen.

Schon fast 30 Jahre bin ich alt und habe noch nicht mal einen Job. Bin frühberentet wegen meiner Psyche und will eine wissenschaftliche Sensation schaffen. Da muss ich selbst über mich schmunzeln.

Vielleicht gelingt es ja einem Forscherteam in meiner Lebenszeit noch, wer weiß.

Auf jeden Fall hätte ich dann 200 oder gar 400 Jahre Zeit, mich mit dem Tod auseinander zu setzen und ein erfülltes Leben zu leben, sofern ich nicht überfahren werde. Je näher der Tod kommt, je älter ich werde, desto schlimmer wird die Angst vor dem Ende werden. Das steht für mich fest. Es wäre schön, wenn ich nur genügend Zeit gewinnen könnte.

Klinikalltag

Schon wieder. Schon wieder. Schon wieder ist es so weit. Ich sitze an der Anmeldung der Psychiatrischen Anstalt Heidelberg. Habe im Wartebereich Platz genommen und eine Nummer gezogen. Nummer 103 bin ich, es sind nur zwei Leute vor mir. Eine Frau, die mit sich Selbstgespräche führt und ein junger Mann, der aussieht, als hätte er ein Drogenproblem. Ich warte geduldig bis ich dran bin und beobachte solange, was die beiden anderen um mich herum so treiben.

Jetzt blinkt meine Nummer in roten Lettern auf einer Art Digitaluhr. Ich begebe mich in den Bereich der Anmeldung.

»Sie schon wieder«, begrüßt mich die Rezeptionistin.

»Ich finde das nicht witzig«, pampe ich zurück.

»Wir auch nicht«, schließt sie die Konversation.

In gewohnter Manier trägt sie alle Formulare zusammen.

»Nehmen Sie noch mal Platz, die Ärztin kommt gleich.«

Nach etwa fünf Minuten erscheint die Aufnahmeärztin in ihrer hibbeligen Art und fragt mich verschiedene medizinische Dinge zu meinem Krankheitsverlauf. Als die vielen Fragen ein Ende haben, bekomme ich die Station verkündet, welche die nächste Zeit mein zu Hause sein wird.

»H1.«

Sie schickt mich samt neu erstellter Akte um das Hauptgebäude herum hin zur Station H1.

Dort angekommen werde ich zu meinem Zimmer geführt. Packe meine Sachen in den Schrank und lege mich ins Bett, um über meinen erneuten Misserfolg zu schlafen.

Als ich wach werde, mache ich mich über die Gänge, um zu sehen, wer hier alles ist. Vielleicht treffe ich ja bekannte Gesichter wieder.

Dann treffe ich auf eine mir altbekannte Person. Sein Name ist Tom. Tom war schon mal mit mir auf der Station K7 und wir haben uns gut unterhalten.

»Hallo, Tom, du auch wieder hier?«

»Meine Frau ist gestorben, das hat mich zurückgeworfen. So musste ich wieder hierherkommen.«

»Verstehe.«

Gedanken über den Tod kreisen mich ein. Eigentlich bin ich gar nicht mehr müde, aber aus Panik flüchte ich erneut in den Schlaf.

Betrug

Kaum eine Woche ist vergangen, seit ich Anna zuletzt gesehen habe. Als wir zum ersten Mal Sex hatten und dann draußen schliefen. Ich hatte ab Dienstag mehrfach versucht sie nzurufen und ihr geschrieben, aber ohne Rückmeldung. Was wohl passiert sein kann? Habe ich etwas falsch gemacht? Heute ist Samstag. Fünf Tage ohne irgendein Lebenszeichen. Was hat das zu bedeuten? Jetzt fühle ich mich schlecht. So, als hätte ich etwas falsch gemacht.

Auch der Samstag vergeht ohne eine Meldung von Anna. Heute, am Sonntag Mittag, klingelt es unverhofft an meiner Haustüre. Es ist Anna. Sie weint und sieht schockiert aus.

»Komm doch rein, was ist denn passiert, Kleines?«

Sie gibt mir keinen Kuss zur Begrüßung und setzt sich auf meine Bettkante.

»Ein Kommilitone an der Uni … Ich … ich habe ihn geküsst.«

Ein eiskalter Schauer läuft mir den Rücken herunter und ein Kälteblitz durchfährt meinen Kopf.

»Erklär mir das bitte.«

»Es war am Montag auf einer Party. Ich trinke sonst nie, aber dieses Mal habe ich getrunken. Er sprach mich an und wir kamen ins Gespräch. Ich bekam einen Drink nach dem anderen und weiß dann auch nicht, wie das passiert ist. Bitte, Patrick, du musst mir glauben. Ich wollte das nicht, es ist einfach passiert.«

Mir wird warm, ich fange an zu schwitzen und setze mich neben Anna auf die Bettkante.

»Ich möchte, dass du jetzt gehst.«

Sie steht auf und verlässt die Wohnung ohne ein weiteres Wort.

H1

Mittlerweile habe ich mich schon etwas eingelebt auf der Station. Tom wurde zu meinem ständigen Begleiter auf der Station und wir sprechen viel über unsere Ansichten und Gedanken miteinander. Er ist starker Raucher und so sitzen wir immer gemeinsam auf dem Balkon der Station.

»Was denkst du, wo deine Frau jetzt ist?«

Er antwortet eine Minute lang nicht auf meine Frage.

»An einem besseren Ort.«
»Glaubst du an so einen Scheiß?«

Er überlegt weiter.

»Ich glaube, das hier ist noch nicht das Ende.«
»Das ist ein sehr tröstlicher Gedanke«, antworte ich ihm, während ich mir über das Kinn fahre. »Nur leider ist das absoluter Bullshit.«

Wir vertiefen unser Gespräch nicht weiter und sitzen einfach weiter da. Sehen zu, wer aller an der Station vorbeiläuft und beobachten das Treiben der anderen auf dem Balkon.

»14.25 Uhr, wir müssen zur Gruppentherapie.«

Revanche am Körper

Es dauert keinen Tag, da melde ich mich wieder bei Anna und sende ihr eine Kurznachricht.

»Hallo, Anna,
ich verzeihe dir, es war nur ein Kuss und der war dir gestohlen worden. Komm bitte morgen noch mal zu mir so gegen 19 Uhr.
Ich liebe dich.
Patrick«

Als sie kommt, bete ich sie herein. Ich umarme sie ganz fest und sie mich.

»Zieh dich aus, stell keine Fragen!«, rufe ich ihr zu.

Sie kommt meinem Wunsch nach und steht splitterfasernackt vor mir. Ich nehme zwei Finger und bohre sie in ihre Muschi. Während ich das mache, beiße ich auf ihre Unterlippe und schaue ihr tief in die Augen.

»Tue das nie wieder, ab jetzt keine Ausreden mehr!«

Ich packe sie am Hinterteil und werfe sie aufs Bett, um mich dann gleich meiner Kleidung zu entledigen. Ohne Vorspiel dringe ich in sie ein und ficke sie so hart, dass sie nicht mehr weiß, wo oben und unten ist. Dann drehe ich sie zur Seite auf den Bauch und ramme ihr mein Glied von hinten in ihre Fotze. Stoße fester und fester bei jedem meiner Stöße. Dabei halte ich ihren Mund zu und drücke den Kopf nach hinten. Sie stöhnt unentwegt in meine Hand, die schon nass davon geworden ist. Ich schiebe ihren Körper zusammen in eine Hundestellung und schlage ihr auf den blanken Po. Sie schreit und dreht sich mit riesengroßen Augen um. Ihre Pobacken spreize ich mit meinen starken Händen weit auseinander, um sie dann erneut von hinten zu nehmen. Dabei ziehe ich ihren Kopf an den Haaren nach hinten, um sie währenddessen zu küssen. So feucht zu küssen wie nur irgend möglich. Sie stöhnt immer lauter und lauter. Ich merke, wie sie langsam zum Orgasmus kommt und drücke ihren Kopf in das Kissen. um noch tiefer in sie eindringen zu können.

»Du bist wohl doch ein böses Mädchen, was?«, rufe ich ihr währenddessen zu.

Zurück auf der H1

In der Gruppentherapie stellen alle die Stühle zu einem Kreis zusammen. Der Boden ist ein flauschiger Teppich und an den Wänden hängen beruhigende Bilder von Landschaften. Neben elf Patienten befinden sich noch zwei Therapeuten und eine Schwester mit im Raum. Jeder soll zum Einstieg erklären, warum sie oder er hier ist. Die blonde Mittdreißigerin fängt an.

»Mein Sohn ist gleichzeitig mein Bruder.«

Niemand sagt etwas, jeder überlegt, was genau sie uns sagen will.

Noch mal.

»Mein Sohn ist gleichzeitig mein Bruder.«

Jetzt verstehen es alle. Ihr Vater hatte sie in jungen Jahren vergewaltigt.

»Er wird nächste Woche 18«, fügt sie noch an.

Kein Wunder, dass sie nicht mehr alle Latten am Zaun hat, bei der Story, schießt es mir in den Kopf.

Als ich dann endlich an die Reihe komme, erzähle ich von meinen Depressionen, meiner Angst vor der Unendlichkeit und den vielen kreisenden Gedanken.

»Sie kämpfen schon länger damit«, unterbricht mich einer der Therapeuten. Sein Hemd ist für meinen Geschmack einen Knopf zu weit geöffnet und komplett verwaschen.

»Schon seit ich denken kann.«

Er kramt in der Mappe, die vor ihm auf dem Schoß liegt, herum und zieht meine Akte hervor.

»Dies ist bereits ihr sechster Aufenthalt bei uns.«

Ich erwidere nichts.

Er schiebt nach. »Ihnen die Angst vor dem Tod nehmen, das kann keiner. Ich denke, das wissen sie. Aber wir können ihre Gedankenkreise durchbrechen und Ihnen Strategien an die Hand geben, dass es besser wird.«

Wie oft habe ich das schon gehört. Ich fühle mich schon wieder wie in einem Déjà-vu gefangen. Einem Klinik-Déjà-vu. Keiner und nichts hat mir bisher geholfen. Um ehrlich zu mir selbst zu sein, nutze ich die Klinik nur noch als Refugium für besonders schwere Zeiten. Hier bekomme ich drei Mahlzeiten am Tag und muss mich um nichts sorgen. Gar nichts hilft mir. Nichts!

Der Therapeut lässt von mir ab und übergibt das Wort an die Nächste in der Runde. Eine Frau, die mit gesenktem Kopf und verschränkten Armen und Beinen auf ihrem Stuhl kauert.

»Ich war Krankenschwester und wurde von einem Krebspatienten während der Nachtschicht vergewaltigt. Im Prozess wurde festgestellt, dass er zur Krebsbehandlung Testosteron bekommen hat und er deshalb als unzurechnungsfähig galt.«

Grausame Geschichten sind das, denke ich mir. Ich, ich habe eigentlich kein Problem, das mir von außen zugefügt wurde. Mir wurde nichts zugefügt. Mein Problem kommt nur von innen heraus. Wenn ich so darüber nachdenke, habe ich es doch eigentlich gut. Ich bin ein unverletzter junger Mensch ohne größere Sorgen. Alles sollte eigentlich im Lot sein.

Eigentlich.

Annas Strafe

Anna ist nicht wirklich sauer auf mich, wie ich mit ihr umgegangen bin. Sie sagt:

»So gehst du also mit anderen Frauen um, die du nicht liebst?«
»So gehe ich mit Frauen um, wenn sie mein Ventil für etwas sind«, entgegne ich.

Irgendwie bin ich stolz auf mich, sie so schnell zum Kommen gebracht zu haben. Der Abend ist noch jung und es könnte auf eine Runde zwei hinauslaufen.

»Magst du einen Wein mit mir trinken? Ich will wissen, wie du bist, wenn du betrunken bist«, schmunzle ich.

In der Küche schnappe ich mir eine Flasche Rotwein und zwei Gläser.

»Gut, dass die neuen Flaschen fast alle Schraubverschlüsse haben. Ich habe nämlich keinen Öffner.«

Sie setzt sich auf und nimmt ein Glas, in welches ich ihr randvoll einschenke.
»Du willst es wirklich wissen, oder?«, sagt sie mit einem verschmitzten Lächeln, das mich tierisch antörnt. Sie sieht so schön aus, wenn sie nackt ist. Ihre Kurven, ihre Taille, die Beine, alles ist stimmig zueinander.

Stumpfe Waffen

Die sechs Wochen auf der Station vergingen schnell. Heute ist der Tag, an dem ich entlassen werde. Ich sitze im Aufenthaltsraum und warte auf die Ärztin mit meinem Arztbrief. Was hat es mir gebracht, die Zeit hier, gar nichts. Wie schon die vielen Male zuvor. Ich wurde im Alltag entlastet und bekam einen Tapetenwechsel, aber das war es auch schon.

»Ihr Arztbrief, Herr Lenting.«

Sie wünscht mir noch viel Glück auf meinem weiteren Weg und geht.

Auf meinem Heimweg denke ich an meine Mutter. Das war der erste Klinikaufenthalt ohne einen Besuch von ihr. Sie war ja nun tot. Besucht hat mich niemand, nicht mal Anita. Allerdings ist das auch selbstverschuldet, da ich mit meiner introvertierten Art nicht wirklich Freundschaften schließe, sondern lieber für mich alleine bin.

Alter Trott

Schon als ich die Tür zu Hause aufmache, empfängt mich die absolute Panik. Nun bin ich wieder ganz auf mich allein gestellt und eine tiefe Schwere macht sich in meinem Kopf breit. Ich öffne den Kühlschrank und sehe, dass ich ihn wohl vor meiner

Abreise nicht ausgeräumt habe. Glitzernder Salat – schon halb flüssig – tropft aus dem ersten Fach nach unten. Auf dem Käse hat sich weißer Schimmel gebildet und die Wurst hat sich nach oben gewellt vor Trockenheit. Ich werde ihn erst später ausräumen. Erst einmal kümmere ich mich um die Briefe, die sich in meinem Briefkasten stapeln werden.

Als ich die Briefe sortiere, entdecke ich einen Brief einer Anwaltskanzlei. Was hat das nur zu bedeuten, habe ich jemanden verärgert oder etwas falsch gemacht? Ich öffne ihn prompt und lese.

»Sehr geehrter Herr Om Lenting,

Sie sind als einer der letzten Angehörigen von Agathe Schrauth ermittelt worden. Leider ist Frau Schrauth vor kurzer Zeit von uns gegangen. Sie hat uns vor ihrem Tod mit der Erbverwaltung beauftragt. Bitte melden Sie sich bei uns zur Terminfindung in unserer Kanzlei.

Herzliche Grüße,
Max Kästler«

Agathe Schrauth? Da muss eine Verwechslung vorliegen, ich kenne keine Agathe Schrauth.

Als ich dort anrufe, vereinbart man einen Termin für die darauffolgende Woche. Es wird sich alles klären, wurde mir gesagt.

Monika, die Neue

Es ist Zeit zur Arbeit zu gehen. Dort in meiner Bar angekommen begrüßt mich ein neues Gesicht.

»Ich bin Monika und habe heute meinen ersten Dienst hier«, begrüßt sie mich.

»Und ich bin Patrick, wenn du Fragen hast, kannst du gerne immer auf mich zukommen.«

An diesem Abend stehe ich hinter der Bar und Monika bedient die Gäste an den Tischen. Ich mustere sie von hier aus ganz genau. Sie hat einen tollen Körper, braun gelockte Haare bis zur Schulter und dürfte so um die 21 Jahre jung sein.

Als wir Feierabend haben, kommt Monika zu mir.

»Begleitest du mich ein Stück auf meinem Nachhauseweg, ich gehe nicht gerne alleine im Dunkeln.«

Freundlich stimme ich ihr zu.
»Warte, ich schließe noch alles ab.«

Ich laufe hinter ihr her, als wir den Raum verlassen und ich kann es mir einfach nicht verkneifen, ihr auf den Arsch zu schauen. Ein Prachtarsch. Wie ein Pfirsich geformt mit einer dünnen Taille darüber und wohlgeformten Oberschenkeln.

»Wie kommt's, dass du hier arbeitest?«
»Ich reise von Stadt zu Stadt und halte mich mit solchen Jobs immer über Wasser.«
»Und wo wohnst du dann?«
»In meinem VW-Bus, da habe ich alles, was ich brauche, dabei.«

»Und wie gehst du dann auf die Toilette?«

»Dafür gehe ich in den Wald. Waschen mache ich mit einem Eimer und einem Handtuch.«

»Faszinierend.«

Sie sieht wirklich umwerfend aus, je länger ich sie ansehe, desto umwerfender wird sie für mich. Da kommen alte Zeiten hoch in meinen Gedanken. Aber jetzt habe ich meine Anna und darf nicht weiter daran denken.

Dunkle Materie

Dunkle Materie ist eine unsichtbare Form von Materie. Sie muss da sein, soviel steht fest. Niemand sieht sie, niemand kann sie in die Hand nehmen und sagen »Seht her, das ist dunkle Materie«.

Vielleicht verhält es sich mit vielen Dingen in diesem Universum so. Vielleicht träume ich von etwas, das in Wirklichkeit da ist, aber im wachen Zustand einfach unsichtbar bleibt. Die dunkle Materie meiner Träume schenkt mir Kraft. Im Schlaf habe ich nur diese wunderbaren und guten Träume. Keine Angst. Vor nichts. Ich träume von einem jungen Mann – ich nenne ihn Patrick. Er lebt das Leben, das ich gerne leben würde. Ohne Ausnahme. Warum schaffe ich es nicht, so zu leben wie er?

Das ist auch der Grund, warum ich so sehr in den Schlaf flüchte. Das Komische ist nur, dass meine Träume mit der Unterbrechung des Tages lückenlos da weitergehen, wo sie zuletzt unterbrochen wurden. Es fühlt sich an wie ein zweites Leben, das ich lebe.

Ich glaube wirklich nicht an Übernatürliches. Ich bin sehr rational und habe keinen Bezug zu Spiritualität. Aber vielleicht verhält es sich mit manchen Dingen wie mit der dunklen Materie. Sie sind da, aber nicht greifbar. Eine wissenschaftliche Erklärung kommt dann vielleicht erst irgendwann hinterher. So wie Elektrizität oder noch früher Feuer für eine Art Zauberei gehalten wurde.

Liebeswind

Am Sonnabend haben wir uns beim Kino verabredet. Anna kommt auch recht pünktlich.

»Wartest du schon lange?«

»Nein, bin auch gerade erst gekommen.«

An der Kinokasse besorgen wir uns die Karten für »Achterbahn«, ein Liebesfilm über eine Dreiecksbeziehung. Im Kinosaal nehmen wir ganz hinten auf einem »Love Seat« für zwei Platz. Ich nehme ihr ihre Tasche ab und stelle sie beiseite.

Als der Film anfängt, gebe ich Anna einen Kuss auf den Mund und flüstere ihr zu: »Wehe, du eröffnest eine Dreiecksbeziehung.«

Der Film läuft keine zehn Minuten und ich bin schon völlig vom pathetischen, schnulzigen Filmchen gelangweilt. So gleite ich mit meiner Hand zwischen ihre Beine und massiere sie dort unten durch die Hose hindurch. Sie blickt noch nicht mal zu mir und ist so vom Film gefesselt. Ich öffne relativ unbemerkt ihren Gürtel, öffne den Knopf ihrer Hose.

»Was machst du da!«, faucht sie mich an.

»Sieh dir einfach weiter den Film an, Kleines.«

Mit meiner linken Hand gleite ich in ihre Beinmitte und massiere die äußeren Schamlippen ein wenig. Dann nehme ich einen Finger und stecke ihn ihr tief in ihr Loch und ziehe ihn wieder heraus. Anna dreht ihren Kopf zu mir und fängt an, mich leidenschaftlich zu küssen.

»Dein Film, Schatz …«

»Der langweilt mich eh.«

Sie küsst mich ganz heftig über den gesamten Mund, während ich sie weiter versuche mit der Hand zu befriedigen. Nun öffnet sie im dunklen Kino auf Reihe 17 auch meine Hose und holt meinen Schwanz heraus. Sie lässt das Küssen sein und nimmt nun beide Hände zur Schwanzmassage. Ich ziehe meine Hand zurück und genau, als ich das tue, beugt sie sich über mein Glied und nimmt es in den Mund. Sie taucht tief hinab und kommt nur leicht wieder hoch. Oh mein Gott, so kenne ich sie gar nicht. Scheinbar ist sie doch nicht so das Mauerblümchen. Bevor ich komme, hebe ich ihren Kopf an und ziehe meine Hose wieder zu. Ich halte ihren Hinterkopf, um ihr Gesicht an meines zu pressen. Küsse sie ganz fest auf den Mund.

»Ich liebe deine Spontaneität. Du überraschst mich immer wieder.«

Als wir beide wieder ganz gerichtet sind, lehnt Anna sich an meine Schulter. Ich umfasse sie fest mit beiden Armen. So fest ich nur kann. Es ist so eine unglaubliche Wärme zwischen uns. Egal ob wir uns nur berühren wie jetzt, oder ob wir Sex haben, es fühlt sich alles einfach nach tiefer Liebe an.

Agathes Erbe

Angekommen an der Kanzlei, die in einem Fachwerkhaus untergebracht ist, besteige ich eine steile, hölzerne Treppe. Am Ende der Treppe wartet eine mit Holzornamenten verschnörkelte Tür mit einer Klingel daneben. Ich klingle bei »Kanzlei Kästler« und der Schnapper der Tür wird entsperrt. Als ich eintrete, empfängt mich eine freundliche Dame, die mich anweist, dort in seinem Büro schon einmal Platz zu nehmen. Nach kurzer Zeit begrüßt mich ein hagerer Mann, noch keine 25, mit einem »Ich grüße Sie herzlichst«.

»Sie sind wohl sehr überrascht über das Erbe. Kann ich mir denken. Die anderen beiden Nachkommen waren das ebenso.«

»Wer ist Agathe Schrauth? Ich kenne keine Agathe in meiner Familie.«

»Es ist, lassen Sie mich noch mal nachsehen … Ihre Großtante mütterlicherseits.«

»Ich kenne sie zwar nicht, aber gut. Wie hoch ist denn mein Erbteil?«

»107 583 Euro und 74 Cent.«

Mir wird etwas schwummrig, als er die Zahl verkündet. Nun bin ich sprachlos. Ich erbe von einer mir nicht bekannten Frau diese Summe. Was soll ich mit so viel Geld machen? Mir genügt schon meine Frührente von gerade mal ein paar Hundert Euro zum Überleben.

»Kann ich das Geld auch spenden?«

»Es ist Ihr Geld, Sie können damit machen, was immer sie möchten.«

»Gut, ich überlege mir, wie ich hier weiter vorgehe.«

Hirnausfall

Meine Arbeitsschicht steht kurz bevor, ich schließe das Lokal gerade auf, als hinter mir Monika steht.

»Hallo, Süßer«, begrüßt sie mich. Oh, gefährlich, Patrick, gefährlich. Denke ich mir. Als die Gäste kommen, sehen wir uns dank der Arbeitsaufteilung kaum. Doch plötzlich wird es stockdunkel und die Musik geht aus. Alle Gäste rufen »Eyyy«. Stromausfall. Nichts geht mehr. Ich gehe zum Stromkasten, um den Hauptschalter wieder einzuschalten, doch nichts tut sich.

»Leute, wir schließen heute früher. Da muss erst ein Elektriker kommen.«

Ich schreibe meinem Chef eine Nachricht über den Stromausfall und dass jemand kommen muss. Als alle Gäste gegangen sind, bleiben nur noch Monika und ich übrig. Sie versucht noch im Dunkeln über die Tische zu waschen, bis ich auf sie zugehe und sage:

»Lass das ruhig für heute, wir machen Schluss.«

»Soll ich dir meinen Bus zeigen?«

Ohne zu zögern willige ich ein.

Als wir bei ihrem stark verrosteten und mit Farbe übermalten VW-Bus ankommen, mitten in der Pampa von Nirgendwo, bleiben wir vor der Seitentüre stehen.

»Komm rein«, säuselt sie.

Einen kurzen Moment überlege ich und sage dann:

»Tut mir leid, ich kann das nicht. Es ist falsch, denn ich habe eine Freundin. Ich muss gehen.«

Fluchtartig verlasse ich die Szenerie und jogge anfangs über den Schotterweg, bis ich außer Sichtweite bin.

Wie soll ich das Anna nur erklären?

Geldregen

»Hallo, Herr Kästler, Om Lenting hier«, rufe ich durch das Telefon.

»Hallo, Herr Lenting, was kann ich für Sie tun?«

»Ich möchte das Geld gerne spenden, an das Hospiz Louise in Heidelberg.«

Es herrscht eine lange Pause am Telefon.

»Wenn das Ihr Wunsch ist, werde ich alles für Sie in die Wege leiten. Auf Wiederhören.«

Ob das die richtige Entscheidung war, weiß ich gerade auch nicht, allerdings fühle ich mich nun eher von einer Last befreit. Es soll den Menschen, die kurz dem Tode sehr nahe sind, etwas Erleichterung bringen. Schließlich sollten gerade sie mehr Angst vor ihrem bevorstehenden Tod haben als ich mit meinen 25 Jahren, der eigentlich ja kerngesund ist.

Eine Woche zuvor habe ich mir das Hospiz angeschaut und die Pflegeleitung auf meine Spende vorbereitet. Die allermeisten Menschen dort sahen sehr glücklich aus. Nicht von tiefer Trauer geprägt sondern … gelassen. Mit einem der Männer konnte ich auch kurz ins Gespräch kommen. Er sagte mir, er fühle sich nun von allen Pflichten befreit und ist nur noch bei sich selbst. Sein Leben empfand er als großartig und erfüllt. Es sei für ihn nicht so schlimm, nun mit 71 Jahren bald sterben zu müssen. Ich fand diesen Menschen bewundernswert und fragte ihn: »Was würden Sie in Ihrem Leben heute anders machen?«

Er überlegte kurz und sprach dann:

»Ich würde weniger arbeiten gehen. Mehr in den Tag zu leben von Jung bis Alt bringt dir auf Dauer mehr freudige Momente als das liebe Geld, das man während der Arbeit verdient.«

Das Pflegepersonal war sprachlos, als ich meine Spende von 107 583 Euro und 74 Cent verkündete. Sie sagten, ich sei ein guter Mensch und gute Menschen bekommen alles einmal zurück.

Verrückt sein

Seit Wochen verbringe ich die Zeit wieder nur in meinem Bett. Gehe höchstens zum Einkaufen aus dem Haus. Ich muss mich an die Worte des Mannes aus dem Hospiz erinnern. Mehr Erlebnisse wollte er in seiner Retrospektive. Es ist vielleicht Zeit für mich, raus zu gehen. Zeit für ein Abenteuer. Eine neue Erfahrung. Draußen wird es fast schon dunkel. Ohne zu wissen, wohin meine Reise mich führt, ziehe ich meine Schuhe an und laufe los. Ich laufe die Straße hinunter, passiere die nächste Straße und die nächste. Als ich die Stadt fast hinter mir habe, gelange ich in Richtung Heidelberger Schloss. Ab hier geht es über Treppen und Graswege weiter nach oben. Die Sonne drückt trotz der beginnenden Dämmerung noch sehr stark. Am Schloss angekommen suche ich mir eine Mauer mit Blick auf die Altstadt. Die Sonne geht gerade erst unter und der Anblick dieser pittoresken Stadt ist einfach umwerfend von hier oben. Alles wirkt so friedlich. Man sieht kein Leid von hier oben. Es vergehen zwei Stunden, dann drei, dann vier und ich bewege mich nicht vom Fleck. Dann, gegen halb drei in der Nacht, möchte ich schreien. Ich schreie so laut ich kann auf die Stadt hinunter. Wie ein Löwe, der gerade eine Gazelle erlegt hat, schreie ich, aus vollstem Halse. Ich lege mich anschließend auf die Mauer und schlafe ein.

Am nächsten Morgen wecken mich das Gezwitscher der Vögel und der nasse Morgentau auf meiner Haut. Es hat über Nacht ganz schön abgekühlt. Ich stehe auf und gehe im Morgengrauen denselben Weg wieder zurück, den ich gekommen bin. Das Bild der Stadt hat sich in meine Augen eingebrannt. In dieser Stille hatte ich keine Angst, ich war so friedlich wie die Stadt.

Tue Buße

»Ich habe ein anderes Mädchen nach Hause begleitet.«
»Was erzählst du da, Patrick?«

Als ich ihr die Geschichte bis ins Kleinste erzählt habe, wird sie sehr traurig. Sie greift sich ein Kissen vom Sofa und hält es mit beiden Armen vor ihre Brust.

»Warum bist du mitgegangen bis zu dem Bus? Ich wusste, dass du nur so einer bist, der Frauen abschleppt, und dass man sich nicht auf dich einlassen sollte. Du warst kurz davor, mit ihr in ihren Kuschelbus zu steigen und sagst, wir sind quitt?«

»Es tut mir leid, ich bin in alte Gewohnheiten zurückgefallen und habe dann nur an dich gedacht. Ich liebe dich und es war ein Fehler, mit ihr mitzugehen.«

Nach dieser Beichte spricht Anna eine lange Woche kein Sterbenswörtchen mehr mit mir. Ich habe sie tief verletzt und etwas ist in ihr zerbrochen. Ist es der Glaube an mich? Warum bin ich überhaupt mitgegangen, bei Nacht am Stadtrand auf einer Schotterpiste? Ich habe einfach nicht nachgedacht, hatte einen Hirnausfall.

Om

Weinend sitze ich auf der Bettkante. Mein Leben hat keinen Sinn. Ich weiß nicht, was mich noch am Leben hält. Jeder meiner Tage wird bestimmt von Angst, Traurigkeit und Antriebslosigkeit. Nichts ist da, für das es sich zu leben lohnt.

Durch die Blumen

Am siebten Tag unserer Funkstille bin ich losgezogen, um ein ganzes Bündel an Rosen zu besorgen. Die Rosen liegen vor mir auf dem Tisch, 21, um genau zu sein. Es ist Bastelzeit. 21 Rosen für 21 Merkmale – wie Geruch –, die mir an Anna gefallen, sollen es sein. Um jede Rose klebe ich einen weißen Zettel, auf dem etwas stehen soll.

Mit einem Bastkörbchen und meinen Rosen darin ziehe ich los. Vor ihrem Haus angekommen gehe ich in den ersten Stock zu ihrer Wohnung und stelle meine Überraschung dort ab.

Am Abend erhalte ich dann eine Whatsapp-Nachricht von ihr.

»Ich vergebe dir, du Arsch.«

Zurück zu den Freimaurern

Um mich bei den Freimaurern aufnehmen zu lassen, muss ich eine Prüfung bestehen. Ich muss ein Essay über unser letztes Thema verfassen. Den Sinn oder Unsinn des Lebens. Die Freimaurer nennen das »Zeichnung«. Hier also meine Zeichnung zu einem sehr geliebten Thema:

Sinn des Lebens

Schon als mir der Gedanke zu diesem Thema meiner Zeichnung kam, war mir klar, eine echte allgemeingültige Antwort wird es hier nicht geben. Was hat das Ganze für einen Zweck, wozu das alles? Der Frage müsste eigentlich eine andere vorangestellt werden. Was ist mit »Sinn« gemeint? Ist das der Zweck? Oder ist das Ziel gemeint? Zuallererst wird der Sinn des Lebens immer im Kontext von Religion gebracht. Wie man auch recherchiert, was man auch liest, als Hauptsäule wird stets der Glaube und die Religion genannt. Was aber, wenn ich nicht glaube? Ich glaube nicht. Hat das Leben im Allgemeinen und meines im Besonderen deswegen gleich keinen Sinn? Betrachten wir die Frage einmal auf allen Ebenen der menschlichen Existenz.

Der Sinn aus Sicht der Wissenschaft

Wissenschaft betrachtet die Frage auf rationaler Ebene. Naturwissenschaftlich geht es um Selbsterhaltung und Fortpflanzung. Um Zufälle und Triebe. Das soll schon alles sein, fragen wir Menschen uns in einer Mensch gegebenen Arroganz. Das ist eine harte Wahrheit für uns Menschen. Einstein sagte einmal Folgendes. Du fragst: Hat es denn überhaupt einen Sinn, diese Frage zu stellen? Ich antworte: Wer sein eigenes Leben und das seiner Mitmenschen als sinnlos empfindet, der ist nicht nur unglücklich, sondern auch kaum lebensfähig. Er will uns damit sagen, gib dir selbst einen Sinn, das ist der Sinn. Über einen eigens gegebenen Lebenssinn bist du erst fähig zu leben. Alles andere, rein Rationale, der rationale Sinn im Universum ist sonst zu unbarmherzig für dich Mensch. Eine Spirale aus Unsinn sozusagen.

Der Sinn aus Sicht der Natur

Der Natur geht es um Fortpflanzung und um Arterhaltung. Welchen Sinn hat das Leben für eine Pflanze? Ja, auch sie lebt. Aber wofür? Wenn das Leben einer Pflanze so banal ist, wie können wir uns dann einen Sinn anmaßen? Die Pflanze gibt uns den Sinn vor. Sie ist da. Ist der Sinn also »einfach sein«? Denn eine selbstbezogene Sinnreflexion besitzt auf Erden nur der Mensch, nicht aber die Pflanze. Nur ein vernunftbegabtes Wesen stellt sich diese Frage. Hat das Leben aller anderen somit keine Bedeutung? Vielleicht sollten wir also – wie die Pflanze – einfach aufhören zu fragen? Goethe sagte einmal, der Sinn des Lebens ist das Leben selbst. Somit hätte die Pflanze auch den Sinn des Lebens inne. Sie zeigt ihn uns. Somit wäre es auch unerheblich, ob das Leben durch Gott, durch Zufall, oder durch Schicksal entstanden ist. Die Natur beantwortet also nicht das Ziel im Leben, aber den Zweck des Lebens.

Der Sinn aus Sicht der Philosophie

In der Philosophie ist es das Thema überhaupt. Der Sinn des Lebens und die Philosophie könnten kaum stärker verknüpft sein. Um nicht alle großen Denker zu zitieren, möchte ich den für mich persönlich schlüssigsten Gedanken wiedergeben. Ein einleuchtendes Zitat von Immanuel Kant: »Je mehr du gedacht, je mehr du getan hast, desto länger hast du gelebt.« Dieses Zitat ist wie Magie für mich. Er bestätigt also, der Sinn des Lebens ist leben und am meisten lebst du, wenn du die Zeit nutzt. Es ist so einleuchtend. Säße ich nur herum, oder würde den ganzen Tag schlafen, so wäre das Leben sinnlos. So lebe ich so viel wie nur möglich, was mir den Sinn gibt.

Der Sinn aus Sicht des Glaubens

Der Islam sieht den Sinn des Lebens darin, Gott zu dienen. Hindus glauben an die ewige Gemeinschaft mit Gott. Juden sehen den Sinn in der Einhaltung der göttlichen Gesetze. Christen sehen den Sinn in einer Gemeinschaft mit Gott und den Menschen, im Leben wie im Tod. Im Glauben geht es also nicht um das Ich und Mein, oder um echten Altruismus. Es geht im Glauben um Gefallen und das Danach. Die Frage nach dem Sinn des Lebens ist so nicht wirklich auf mich, auf mich selbst bezogen? Es geht ja um den Sinn meines eigenen Lebens. Darf ich bei dieser Frage also nicht auch Egoist sein? Die Freimaurerei vereint das für mich. Echter Altruismus und auch Egoismus. Es geht hier nicht darum, jemandem – einem Gott – zu gefallen. Oder mich gar zu 100 Prozent für ihn aufzuopfern, um dann auf seine Gnade zu hoffen, wenn dieses Leben vorbei ist. Nein. Ich lebe nach altruistischen Grundprinzipien, die keiner Heuchelei bedürfen und somit ehrlich sind. Und es geht auch um mich, um meinen persönlichen und eigenen Weg. Mein Weg ist also wichtig, er hat einen Sinn, oder zumindest einen rationalen Zweck. Ich arbeite also nicht für Gott. Ich arbeite für alle Menschen. Für eine Harmonie zwischen den Menschen. Und meine eigene Harmonie, an mir selbst und an mehr Sinn. Im Glauben fehlt die Freiwilligkeit, denn er schließt andere Menschen aus, nicht aber der Humanismus. Nietzsche sah den

Sinn des Lebens absolut konträr zum Lebenssinn eines Gläubigen. Ihm ging es nicht um Gottgefälligkeit, sondern um das Gegenstück einer esoterischen oder zumindest sittlichen Geisteshaltung. Der Sinn des Lebens manifestierte sich für ihn im sogenannten »Übermenschen«. Dieser soll hart und ohne jegliches Mitgefühl gegen sich selbst und andere sein. Der Lebenszweck des Menschen besteht darin, aus seinem Leben und aus der Menschheit selbst ein Kunstwerk zu formen. Ein sehr technokratisches Extrem aus meiner Sicht.

Der Sinn und der Tod

Der Tod macht das Leben so fraglich für mich. Denn egal, was ich tun werde innerhalb meiner Lebensspanne. Ob ich nun Gutes tue, Nachkommen zeuge oder ein erfülltes Leben lebe, es wird mit dem Tod egal. Der Tod vernichtet den Sinn. Nichts bleibt übrig. Es ist ein bisschen, als würde ich das größte und schönste Schloss aufbauen, und am Ende wird es zerstört und fällt in sich zusammen. Selbst die Erinnerung an das Schloss wird irgendwann erloschen sein in Trillionen von Jahren. Was bleibt ist Nichts.

Der Sinn aus Sicht der Freimaurerei

Mich selbst hat einst die Sinnfrage, die Frage nach dem Davor und Danach, auf den Weg der Freimaurerei gebracht. In der Gesellschaft ist diese Frage weitestgehend tabuisiert. Wir fragen und diskutieren nicht darüber. Wir interessieren uns nicht für transzendentale Dinge. Wohl aber für Oberflächlichkeiten. Wie zu Anfang auf die Definition des Wortes »Sinn« schon hingewiesen, kann der Sinn ein Zweck oder ein Ziel sein. Den Zweck kann auch die Freimaurerei nicht beantworten, aber sie kann es versuchen. Und versuchen. Und versuchen. Wohl aber kann sie das Ziel liefern. Oder besser – ein Ziel. Ein persönliches Ziel. In der Freimaurerei ist der Sinn des Lebens etwas Vernünftiges. Etwas nachvollziehbar Vernünftiges. Es geht nicht darum, jemandem zu gefallen. Es geht um mein eigenes, freies Leben und um die Harmonie zu anderen. Nihilisten wie ich – und auch Nietzsche – würden sagen: »Das Leben ist das Wartezimmer zum Tod.« Stellen wir uns das Leben also einmal als Wartezimmer vor. Ich bin einfach dort im Wartezimmer aufgewacht, bin zu mir gekommen. Niemand hat uns gefragt, ob wir dort sein möchten. So wie uns niemand gefragt hat, ob wir leben möchten. Was wäre der beste Zweck, die Zeit im Wartezimmer totzuschlagen? Wenn ich nichts tue, also nur warte, ist diese Zeit frei von Sinn. Wenn ich den anderen helfe und mich aufopfere, um nach dem Wartezimmer – wenn ich aufgerufen werde – gelobt zu werden, ist das heuchlerisch. Wenn ich mich aber mit den anderen frei unterhalte, mich austausche und jedem helfe (ohne Hintergedanken), dem es gerade schlecht geht, dann ist das eine schöne, sinnerfüllte Zeit für mich und die anderen Wartenden. Das ist doch etwas Sinnvolles, stimmt ihr mir zu, meine Brüder? Ein sinnvolles Leben. Lieben und geliebt werden. Noch mehr. Lieben, ohne ein Geliebtwerden zu erwarten. Geliebt werden, ohne darauf hinzuarbeiten. Lieben, um die Zeit sinnvoll zu nutzen. In erster Linie also: lieben. Auch Einstein schließt sich meinem Gedankenexperiment eines sinnerfüllten Wartezimmers an, indem er sagt: »Der Sinn des Lebens besteht nicht darin, ein erfolgreicher Mensch zu sein, sondern ein wertvoller.« Bin ich ein Mensch voller Werte, hat mein Leben somit einen Sinn. Fügt man die philosophische Einstellung von Kant hinzu – mehr Sinn durch mehr denken und mehr tun – so bestätigen Wissenschaft und Philosophie die Richtigkeit des Weges der Freimaurerei. Dieses Szenario möchte ich aber nicht Lebenszweck nennen. Nein. Sondern besser, Lebensinhalt. Ein Inhalt für uns Wartende. Pablo Picasso erweitert diesen Lebensinhalt noch um die mitmenschliche Komponente und vereint so für mich Lebensinhalt und Lebenszweck mit folgendem Zitat: »Der Sinn des Lebens besteht darin, deine Gabe zu finden. Der Zweck ist, sie zu verschenken.« Das also, was du kannst und tust, ist dein Sinn im Leben. Verschenkst du, was du kannst und tust, ist es dein Zweck im Leben. Während ich das schreibe, zwinkert Immanuel Kant mir zu. Denn die Frage nach dem Sinn des Lebens hat mich zur Freimaurerei gebracht. Diese wiederum lässt mich mehr denken und mehr tun. Das tue ich gerade, denken und tun. Leben. Die Frage selbst hat mich hierhergeführt. Zwar keine Antwort geliefert, aber ohne es zu ahnen mit mehr Sinn ausgefüllt.

Falsche Sinne
Dinge zu erreichen, im Beruf oder privat, geben dem Leben keinen Sinn. Karriere, Erfolge oder etwas zu erreichen haben nichts mit dem Sinn des Lebens gemein. Sie sind nur Teil einer Selbstverwirklichung. Das sind die falschen Geister, wenn es um den Sinn des Lebens geht.

Einen Sinn schaffen
Back to nature. Zurück zur Natur, wie anfangs gedacht. Wenn ich Vater werde, so erschaffe ich Leben. Egal was dieses Kind mit seinem Leben anfängt, es lebt und hat laut der Natur somit schon einen Sinn. Einen Zweck. Ich schaffe einen Sinn für mich und für andere. Es ist laut Natur einzig und allein das Leben selbst, das der Sinn ist. Erweitert man den Zweck der Natur um das Erlebbare laut Kant und das eigene Eingeständnis von Einstein, nämlich »Dein Leben braucht einen Sinn«, so ergibt das Leben auch losgelöst von Religion einen Sinn. Sogar die schlimmsten Dinge, die passieren, können einen Sinn schaffen. Vielleicht nicht für das Individuum selbst, aber zumindest für andere. Nehmen wir als eines der negativsten Ereignisse den Holocaust. Sind diese Menschen sinnlos gestorben? Für ihren eigenen egoistischen Lebenssinn schon. Ja. Das sind sie. Aber diese humanitäre Katastrophe hat für nachfolgende Generationen eine so abschreckende Wirkung, dass Ähnliches folglich wohl nicht mehr so schnell passieren wird. Das Leben direkt folgender Generationen wurde also über das Grauen – verlängert. Mehr Leben geschenkt. Mehr ungestörtes und längeres Leben bedeutet mehr Sinn. Noch mal. Schlimme Dinge fern von Humanität können einen Sinn schaffen? Ich sage ganz unspirituell: Ja. Der persönliche Sinn des Lebens kann also auf den persönlichen Sinn anderer übertragen werden. Er geht nicht verloren. Wie Materie oder Energie, die transferiert wird.

Für mich persönlich ist der Sinn des Lebens …
42.

Ernst machen

Heute bin ich besonders früh aufgestanden, um in die Stadt zu gehen. Ich möchte Anna einen Ring kaufen. Einfach so einen Ring, ohne ihr gleich einen Antrag zu machen. In der Stadt wimmelt es nur so von Menschen. Schon so früh um diese Uhrzeit hat es um die gefühlten 32 °C. Die meisten Menschen hier suchen kühle Plätze auf. Die Cafés mit ihren bedruckten Sonnenschirmen sind für Menschen wie die Lichter für Motten, die dorthin strömen, um ein schattiges Plätzchen zu ergattern. In der Juliuspromenade ist eines der bekanntesten Juweliergeschäfte der Stadt ansässig. Ich gehe hinein und sehe mich um.

»Kann ich Ihnen helfen, junger Mann?«

»Was kostet dieser Ring hier, der silberne mit dem kleinen Sternchen darauf?«

»Lassen Sie mich kurz nachsehen. 249 Euro.«

Ich muss verrückt sein, mein monatlicher Verdienst sind drei dieser Ringe und ich komme so schon kaum über die Runden.

»Sie hat etwa Ihre Fingergröße. Können Sie ihn einmal anlegen?«

Er passt ihr wie angegossen.

»Packen Sie in mir bitte ein.« Die Verkäuferin holt ein schwarzes Samtkästchen aus einer Schublade und steckt den Ring dort hinein.

Ohne Umwege mache ich mich direkt auf den Weg zu Anna.

Mittlerweile habe ich auch von ihr einen Wohnungsschlüssel bekommen, da sie selbst oft in der Küche oder mit etwas anderem beschäftigt ist oder ich dort schon mal auf sie warten soll. Ich öffne die Türe leise und schleiche mich hinein. Im Wohnzimmer und der Küche ist niemand. Aber im Schlafzimmer ihrer Dreizimmerwohnung werde ich fündig. Sie liegt nur so da und schläft und hat mich nicht kommen hören. Ich schleiche mich an ihr Bett, nehme den Ring aus der Samtbox und stecke ihn ihr heimlich an der linken Hand an. Sie merkt rein gar nichts und schläft einfach weiter. Um den Coup perfekt zu machen, verschwinde ich wieder, wie ich gekommen bin. Ich lasse sie weiter schlafen und laufe nach Hause, wo ich mich später mit einem Freund verabredet habe.

Hypnose – zweiter Akt

Die Tür von Frau Zöfel steht wieder offen, als ich die Treppe nach unten gehe. Das ist schon eine schöne Idee, seine Patienten so willkommen zu heißen. Ich lasse mich wieder auf der bequemen Sitzgelegenheit nieder und kurze Zeit später ist sie auch schon da und begrüßt mich wie die Wochen zuvor. Sie beginnt.

»Fixieren Sie wieder einen Punkt oder schließen Sie nach Bedarf einfach Ihre Augen. Andere Gedanken dürfen kommen. Lassen Sie einfach alles geschehen, was kommt. Und nun gehen Sie zurück zu Ihrem Horrortrip. Ihr heutiges Ich hat ihr jüngeres Ich gerade umarmt. Was geschieht dann?«

»Die Zeitschleife, in der ich gefangen bin, läuft immer und immer wieder ab.«

Meine Augen sind geschlossen und ich spüre, wie mein Herz immer schneller rast.

»Gehen Sie weiter, was passierte dann? Wie wurde die Zeitschleife unterbrochen?«

»Ich ging nach Hause, schlich mich ins Zimmer und legte mich in mein Bett.«

Sie hält kurz inne, wahrscheinlich um zu überlegen.

»Lassen Sie ihr heutiges Ich auf der Bettkante Platz nehmen. Streicheln Sie über die Wangen Ihres jungen Ichs und sagen sie, er muss jetzt keine Angst mehr haben.«

Automatisch spreche ich nach, was mir die Souffleuse sagt. »Du brauchst jetzt keine Angst mehr zu haben.«

Sie holt mich nach weiteren fünf Minuten wieder zurück in die Realität. Mir wird soweit ein weiterer Zusammenhang zu meiner psychischen Erkrankung bewusst. Die Flucht in den Schlaf, damals wie heute. Um dem Horrortrip zu entgehen, bin ich in den Schlaf geflüchtet, und heute flüchte ich immer noch in den Schlaf, um meinen Ängsten aus dem Weg zu gehen. Das alles ergibt plötzlich einen Sinn.

Ehekomplexe

Es klopft an meiner Tür, ich öffne und Anna steht da. Strahlend wie ein Honigkuchenpferd. Sie springt mich sofort an und schlängelt ihre Beine um mich. Dann lässt sie ab und spricht:

»Los, sag es, frag mich!«

Ich sehe sie nur verdutzt an. »Was meinst du?«

»Ja, ich will dich heiraten, also los, frag schon.«

»Ach, jetzt verstehe ich, du hast den Ring an deiner Hand entdeckt als du wach wurdest. Das ist ein Ring für dich, einfach weil ich dich wirklich liebe, aus tiefstem Herzen. Das ist kein Verlobungsring, tut mir leid, Kleines.«

In ihren Augen spielt sich Freude und Trauer zugleich ab. Ihr kullert eine Träne herunter und noch eine. Sie beugt sich nach vorne zu mir und gibt mir einen Kuss auf die Wange.

»Wie hast du das nur gemacht, wann warst du bei mir und wieso bist du gegangen, ohne mich aufzuwecken?«

»So war der Plan. Und die Überraschung ist mir wohl gelungen, wenn auch etwas anders.«

Rückschau

So wirklich geholfen hat mir die Hypnose nicht, aber es hat mir die Zusammenhänge zu meiner Psyche besser erklärt. Das ist schon viel wert, auch wenn ich nicht mehr weiter dorthin gehen werde.

Pillen holen

Auf dem Rückweg von Frau Zöfel gehe ich noch bei Dr. Kopp vorbei, um mir ein Rezept für Sertralin zu besorgen. Er unterschreibt mir direkt über der Eingangstheke das Rezept und fragt mich, wie es mit der Psychotherapeutin denn so laufe.

»Gut«, antworte ich und verlasse ohne weitere Konversation seine Praxis.

In der Apotheke, die sich gleich unterhalb der Praxis befindet, löse ich mein Rezept ein.

»Wieviel Sertralin nehmen Sie am Tag?«
»250 mg.«

Sie sieht mich verwundert an und macht das Medikament fertig.

Auf dem Weg aus der Apotheke kommen mir nach einigen Metern ein paar Halbstarke entgegen. Einer von ihnen rempelt mich im Vorbeigehen absichtlich an und sagt: »Hey, pass auf, Spast!«

»Du hättest aufpassen müssen, mein Lieber.«

Er macht sofort kehrt, stellt sich vor mich hin und holt mit der Faust aus. Ich kümmere mich nicht um ihn und laufe weiter. Plötzlich spüre ich von hinten eine Schelle direkt auf mein Ohr. Es schmerzt fürchterlich und ich drehe mich wieder um, laufe einen Schritt nach vorne und werfe ihm meine geballte Faust ins Gesicht. Er fällt zu Boden und hält sich die Nase. Blut strömt über sein Gesicht. Ich beuge mich zu ihm runter, um ihm erneut einen Schlag in sein Gesicht zu verpassen. Diesmal fehlt ihm ein Zahn. Ein dritter Schlag prallt unter seinem Auge auf.

»Wer Wind sät, wird Sturm ernten«, flüstere ich ihm leise zu.

Keiner seiner Freunde macht auch nur Anstalten, auf mich loszugehen. Seine Freunde heben ihn auf und sie ziehen ihrer Wege.

Die Eine

Anna macht mich verrückt mit ihrem Heiratsantrag. Das sollte nur ein Ring für unsere Liebe sein, nicht mehr. Ich kann noch nicht heiraten, dafür fühle ich mich noch nicht bereit. Außerdem, vielleicht entpuppen sich ja doch noch Macken heraus, die mir an Anna ganz und gar nicht gefallen. In meinem Freundeskreis haben schon einige geheiratet und glücklicher sehen sie dadurch auch nicht aus. Ich hoffe, sie hält an dem Gedanken nicht fest.

»Ein Bier, bitte!«, ruft ein Mann mir an der Theke gegenüber zu.

Ich mache dem Mann sein Getränk und unterbreche dabei meine Gedanken. Noch eine Stunde, dann hab' ich Feierabend.

Weltschmerz

Meine Fingerknöchel an der rechten Hand bluten noch, als ich nach Hause komme. Ich gehe zum Medizinschrank und mache einen Verband darum. Habe ich es übertrieben? Ich spüre diese unglaubliche Wut in mir drin. Das war pure Absicht, was die Jungs da veranstaltet haben. Nun, egal, vorbei ist vorbei.

Wieso tun Menschen sich immer wieder etwas an? Auf der ganzen Welt gibt es andauernd Situationen wie diese. Gibt es schlimme Dinge.

Babys verdursten oder verhungern. Frauen werden beschnitten und vergewaltigt. Hunde werden ersäuft und gegessen. Alleine, was in Afrika los ist, reicht für 300 Horrorfilme täglich an Stoff.

Das Schlimmste, das ich mal gehört habe, war Folgendes. Ein Mann fährt an einem sehr heißen Tag zu seiner Arbeit und soll sein Baby noch in der Krabbelgruppe unterwegs abgeben. Er vergisst das aber und als er nach einem anstrengenden Arbeitstag zurückkommt, liegt da ein vertrocknetes totes Baby in seinem »Maxi Cosi«.

In Kriegsgebieten ist Sex die ultimative Waffe. Im Bosnienkrieg wurden Frauen vor ihren Männern vergewaltigt. In Serbien gab es sogar Vergewaltigungslager.

Vielleicht ist es ganz gut, dass uns der Klimawandel alle auffressen wird. Uns, den Virus dieses Planeten.

Vaterfigur

Mein Vater ist schon gestorben, da war ich gerade einmal zwei Jahre alt. Mutter musste den kleinen Om ganz alleine aufziehen. Ich kann mich nicht mal mehr an ihn erinnern. Es war nicht leicht, ohne Vater aufzuwachsen.

Andere Kinder hatten immer eine zweite Person an ihrer Seite, die ihnen geholfen hat, eine Höhle zu bauen oder das Fahrradfahren zu erlernen. Wie er wohl war, frage ich mich oft. Ich weiß nur, dass er selbständig war mit einer Werbeagentur und das sehr erfolgreich.

Er litt aber auch unter Depressionen wie ich. Von ihm habe ich die Veranlagung dazu. Zu meiner Mutter war er nie besonders nett, erfuhr ich später. Er hatte sie zwar nie geschlagen, aber es gab wohl auch andere Frauen in seinem Leben.

Dr. Kopp ist für mich eine richtige Vaterfigur. Er mahnt mich an, kümmert sich um mich und lässt mich nicht im Stich. Auch wenn er mich bestimmt seltsam findet.

Annas Geheimnis

Anna macht eigentlich nie ein Geheimnis um etwas. Wir sind nun schon drei Monate zusammen und ich bin mir sicher, sie in- und auswendig zu kennen. Ich kenne ihren Körper, ihre Eigenheiten. Zum Beispiel, wie perfektionistisch sie ein Toastbrot schmieren kann oder es aus einer Neurose heraus schmieren muss. Doch eines Abends, wir liegen gerade zusammen auf der Couch, gesteht sie mir ihr größtes Geheimnis.

»Ich war erst neun Jahre alt und spielte außerorts auf der Straße mit meinem Tretroller, als ein Auto kam. Da ich mitten auf der Straße stand, musste es eine Vollbremsung hinlegen, schaffte es nicht und rutschte dann in den Graben auf einen Baum zu. Patrick, das weiß bis heute keiner, nur dir erzähle ich es jetzt. Es war meine Schuld, ich hatte auf der Bundesstraße meine Kreise mit dem Tretroller gezogen. Als das Auto dann am Baum endete, war ich so verschreckt, dass ich einfach weglief mit meinem Tretroller. Der Fahrer starb noch an der Unfallstelle, wie ich später erfuhr.«

»Warum erzählst du mir das?«, wollte ich behutsam wissen.

»Ich will kein einziges Geheimnis vor dir haben.«
»Ich danke dir, dass du mir so sehr vertraust und mich eingeweiht hast in dein Geheimnis. Es war so oder so nur ein Unfall, du warst ja noch so jung.«

Patricks Geheimnis

»Was ist dein Geheimnis, Patrick?«

»Ich habe keine, ich habe viel erlebt in meinem Leben, aber ich habe kein Geheimnis.«
»Du musst doch irgendein Geheimnis haben? Komisch. Aber ich glaube dir. Aber geheimnisvoll bist du trotzdem«, schließt sie ab.

Lachen, bis man weint

Als wir zusammen im Bett liegen, passiert es. Sie fragt mich die Frage aller Fragen.

»Könntest du dir vorstellen, mich zu heiraten?«

Vor lauter Schreck lasse ich auf dem Rücken liegend einen Furz los. Er war so klar und deutlich zu hören.

Anna schreckt mit dem Kopf hoch und sieht mich an. Auf einmal gerät sie in ein fürchterliches Gelächter.

»Oh mein Gott, ich kann nicht mehr.«

Sie lacht und wälzt sich hin und her.

»Entschuldigung, wie peinlich.«

Ihr Lachen ist so gellend laut und bestimmt noch bis in den dritten Stock hörbar. Sie schnaubt und ringt nach Luft. Ihr Gesicht läuft rot an und ihre Augen werden ganz feucht. Ich sage nichts, mir ist das mehr als peinlich. Im Boden möchte ich versinken vor lauter Scham.

Als sie sich wieder etwas beruhigt hat, beugt sie ihren Körper zu mir, sieht mir tief in die Augen und lässt einen riesigen, stinkenden, lang anhaltenden Furz los. Ich breche völlig ein und falle in großes Gelächter. Auch sie gerät in ihren Lachanfall zurück. Beide sind wir in ekstatischem Gelächter und ringen nach Luft. Wir sehen uns lachend an und haben beide vor tobendem Gelächter Tränen in den Augen.

»Ja, würde ich«, sage ich schließlich.

»Was?«

»Ich würde dich heiraten, du bist die Liebe meines Lebens. Ich liebe dich aufrichtig und von ganzem Herzen. Kinder möchte ich mit dir haben, einfach alles.«

Nun weint sie erneut. Ich weiß nicht, ob es noch Tränen des Lachens oder Tränen der Freude sind.

Metamorphose

Ich habe davon geträumt, ausgeglichen zu lachen. Nun öffne ich meine Augen und sehe die Klamottenberge vor mir am Boden, die eigentlich in die Wäsche müssten. Gleich aufstehen ist nichts für mich. Lieber sinniere ich noch etwas über meinen Traum nach.

Irgendwann war es nichts mehr mit Lachen bis man weint. Man wurde erwachsen und verlor dann sein Lachen. Wie gerne würde ich mich wieder zurückverwandeln in den kleinen Om, der einfach nur lachte. Wenn doch nur Zeitreisen möglich wären. Ich würde in die Zeit, als ich sieben Jahre alt war, zurückreisen.

Je älter ich werde, desto weniger lache ich. Es gibt immer weniger zu lachen.

Jetzt bin ich schon so weit, dass ich Tabletten bekomme, die mein Lachen wieder zurückbringen sollen. Diese Tabletten sollen mich verwandeln. Zurückverwandeln, um genau zu sein. Bisher ist es nicht gelungen, aber wer weiß, wie wenig ich zu lachen hätte, wenn ich diese Tabletten nicht nehmen würde.

Heute werde ich mir Netflix reinziehen. Ich suche mir lustige Filme aus, die ich dann am Stück schauen werde, um zu sehen, ob ich noch lachen kann. Meine Klamotten, die mache ich ein andermal.

Überraschung

Es klingelt an der Tür. Als ich öffne, steht ein hagerer Mann um die 60 vor mir.

»Mein Name ist Thomas. Darf ich reinkommen?«

Noch ganz benommen von meiner letzten Panikattacke frage ich ihn: »Wer sind Sie bitte?«

»Erkennst du mich denn nicht?«

»Nein, tut mir leid.«

»Ich bin Thomas, dein Vater.«

Die alten Bilder, die ich von ihm gesehen hatte, schießen mir durch den Kopf. Ich erkenne ihn wieder, er ist stark gealtert, aber deutlich zu erkennen. Angst übermannt mich und ich stehe einfach nur da, ohne etwas aus meinem Mund herauszubekommen.

»Es ist schwer nachzuvollziehen, ich weiß. Aber lass es mich dir erklären. Darf ich reinkommen?«

Ich trete einen Schritt beiseite. Er behält seine schwarze Lederjacke und seine braunen Turnschuhe an und geht ohne ein Wort zu sagen in die Küche. Ich folge ihm. In mir sind Tausend Fragen, die ich diesem Mann jetzt sofort alle stellen möchte.

»Warum bist du nicht tot?«

»Wer hat dir gesagt, dass ich tot bin?«

»Mama.«

»Genau deshalb bin ich hier. Ich habe erfahren, dass sie gestorben ist.«

Er setzt sich auf einen Stuhl und faltet die Hände auf dem Tisch zusammen. Mein Körper steht so unter Strom, ich bleibe stehen und lehne mich an der Küche an.

»Die letzten 23 Jahre war ich nicht da für dich, was mir unglaublich leid tut«, beginnt er.

»Deine Mutter und ich, wir hatten unsere Differenzen. Der Alltag gestaltete sich schwierig. Erst recht, als du dann auf die Welt gekommen bist. Ich war selbst noch sehr jung, so etwa in deinem Alter. Wir haben uns einvernehmlich getrennt und ich bin nach Südtirol ausgewandert. Habe dort eine Stelle als Koch gefunden. Seit nunmehr 2 Jahren lebe ich wieder in Deutschland mit meiner neuen Frau. Ein alter Bekannter schrieb mich an und sagte, Marta sei gestorben. Warum sie dir erzählt hat, ich wäre tot, weiß ich nicht. Wahrscheinlich wollte sie mich gerne für tot erklären, da ich mich nicht um dich gekümmert habe.«

»Und da tauchst du jetzt einfach so mal auf und sagst hallo nach 23 Jahren?«

»Ich dachte, es wäre eine gute Gelegenheit, dich kennen zu lernen, jetzt, wo du ganz allein bist.«

»Und ich muss den Schock erst mal verarbeiten und bitte dich zu gehen.«

Er sieht auf den Boden, steht auf und läuft auf mich zu. Als er vor mir steht, klopft er mir mit der flachen Hand zweimal auf die Schulter, legt einen Zettel mit einer Telefonnummer neben mich und verschwindet dann nach draußen.

Scheiße fressen

»Wie sehr liebst du mich?«, fragt Anna mich, während sie sich die Fußnägel lackiert.

»Ich liebe dich so sehr, ich würde alles für dich tun.«

»Wirklich alles?«

»Ja.«

»Weißt du, wann man jemanden richtig liebt? Wenn man sogar die Scheiße des anderen essen würde.«

Jemanden so sehr lieben, dass man seine Scheiße essen würde. Darüber muss ich nachdenken. Würde ich das tun wollen, aus Liebe? Das ist eine schwere Frage, auf die ich gerade noch keine Antwort weiß.

»Würdest du denn meine Scheiße essen, wenn es um Leben oder Tod ginge?«, entgegne ich ihr.

Ohne zu zögern kommt ein »Ja, würde ich« aus ihrem Mund. Während sie sich weiter die Nägel lackiert.

»Ich fühle mich geschmeichelt, Kleines.«

Alte Videos, tote Menschen

Im Fernseher läuft eine Doku über die Weimarer Republik. Man sieht die Menschen dort lachen und ihr Tagwerk verrichten und alle sind schon tot. Ich denke mir das jedes Mal, wenn ich ganz alte Aufnahmen ansehe. Man sieht Massen von Menschen aus dem Jahre 1918 und jeder von den Abgelichteten ist jetzt gerade schon tot.

Ich schnappe mein Handy und öffne Instagram. Scrolle die vielen Portraits durch und weiß, auch sie sind irgendwann einmal Bilder von Toten. Die Panik steigt in mir auf. Mein Puls rast und ich möchte wegrennen, aber wohin. Panik vor ewiger Dunkelheit macht sich in meinem Kopf breit. Ich renne zum Medikamentenschrank, nehme zwei Tavor aus dem Blister und lege sie mir unter die Zunge.

Eine Minute ist vergangen und mein Puls verlangsamt sich. Die Todesangst verschwindet in einem Nebel aus Gleichgültigkeit.

»Was hat das alles für einen Sinn?«, murmel ich vor mir her.

Entspannung macht sich in meinem gesamten Körper breit. Ich werde müde, sehr müde, und schlafe im Sitzen ein.

Als ich wieder aufwache, ist es bereits dunkel. Draußen streiten sich zwei Vögel um etwas Fressbares und weit entfernt klingelt die Straßenbahn. Seit gestern habe ich nichts mehr gegessen. Mir knurrt der Magen und ich erhebe mich, um in der Küche eine Pizza in den Ofen zu schieben. Ich schaue auf den Tisch, an dem mein Vater gestern noch saß. Was für ein Wahnsinn, mein Vater lebt und nun kenne ich ihn. Vielleicht sollte ich ihn treffen und mehr über ihn erfahren. Schließlich ist er der letzte verbliebene, nahe Verwandte, den ich nun noch habe.

Balztanz

Heute wollen wir feiern. Ich bin mit Anna auf dem Weg in einen Club. Dort angekommen bestelle ich uns beiden einen Mojito, den mag sie nämlich auch. In dem Laden läuft heute kubanische Musik. Nachdem wir uns ein Bild von dem Club gemacht haben und in Ruhe unsere Getränke getrunken haben, sagt sie:

»Tanz mit mir, Patrick!«

Ich nehme sie bei der Hand und wir werfen uns ins Getümmel der vielen Menschen. Der Boden der Tanzfläche klebt von verschütteten Getränken. Nahezu alle, die tanzen, sind Mann-und-Frau-Paare, bis auf ein paar Einzeltänzer. Sie schmiegt sich an mich und legt die Hand auf meine Schulter. Ganz langsam beginnen wir, uns in Bewegung zu versetzen. Ich lege meine Hand auf ihre Hüfte und spüre den Stoff ihres dünnen Kleides. Sie hat kaum etwas an. Nur das und ihre Unterwäsche.

Nach einer Weile wird die Musik sinnlicher und schneller. Alle Paare, wie auch wir, tanzen eng an eng umschlungen. Auch ich habe ein Bein zwischen ihren Beinen und sie reibt sich beim Tanzen daran. Ich stemme mein Gemächt an ihren Körper. Die Bewegungen werden immer intensiver und aus Tanzen wird fast schon Sex. Der Mojito tut sein Übriges und so vergehen die Stunden in einer körperlichen Umschlungenheit zwischen Anna und mir.

»Lass uns eine Pause machen, ich bin schon ganz verschwitzt«, flüstere ich in ihr Ohr.

»Das ist sexy, wie nass du bist.«

Körperlichkeiten

Zuhause nach der Party machen wir weiter. Wir tanzen auch ohne Musik den gleichen Tanz wie zuvor. Ich fange schon wieder das Schwitzen an, aber wir machen weiter.

Es ist ein heftiger Tanz. Ich packe ihren Arsch und bewege ihren ganzen Körper zu mir hin und wieder weg. Dann ziehen wir uns aus und machen weiter. Mein Bein ist wieder zwischen ihrer Mitte und ich fasse sie am Po. Drücke ihren Körper gegen mein nun steifes Glied und reibe es an ihr. Ich hebe sie hoch auf mich und wir tanzen weiter. Während wir tanzen, schiebe ich mein Glied in ihre Scheide und drücke es so weit rein, wie ich kann. In dieser Position bewegt sie ihre Hüften in kreisenden Bewegungen und fängt an mich zu küssen. Ich schleppe sie zum Sofa und wir treiben es wild in der Missionarsstellung. Ich ficke sie so hart, dass sie laute Rufe von sich gibt.

Als wir fertig sind, liegt sie auf der Seite und ich streichle ihren Rücken. Küsse ihren Nacken und streichle zart ihren Po.

»Du bist ein toller Liebeskünstler«, redet sie halbtrunken vor sich hin.

Nach einer Weile schläft sie auf dem Sofa ein. Ich stelle mich vor sie, rutsche mit meinen beiden Armen unter ihren Körper und trage sie ins Bett. Decke sie mit einer Decke zu und lösche das Licht.

In dem Moment kommen mir Linda und all die anderen in den Sinn. Zu ihnen war ich nach dem Sex und auch davor nicht so zärtlich. Das war purer Sex ohne Liebe dahinter. Schöner Sex, zugegeben, aber eben nur Sex ohne das Drumherum.

Ich lege mich zu Anna auf die andere Bettseite, decke mich zu und schlafe ebenfalls ein.

Wiedersehen

Nach einer Woche langen Grübelns habe ich mir ein Herz gefasst, meinen Vater kennen zu lernen. Der Zettel mit seiner Telefonnummer liegt noch genau dort, wo er sie abgelegt hatte. So greife ich zum Telefonhörer und traue mich, ein erstes Gespräch mit ihm zu führen.

»Hier ist dein Sohn. Om.«

Am anderen Ende hört man es schnaufen.

»Schön, dass du dich meldest.«

»Ich wollte fragen, ob wir uns treffen können. Wie würde es dir morgen Vormittag gegen elf Uhr passen? Treffen wir uns im Café Neuhäuser, das ist direkt an der Alten Brücke.«

»Klingt fabelhaft … und Om … danke, dass du mir eine Chance gibst.«

»Wir werden sehen.«

Als ich aufgelegt habe, kommen mir gleich Zweifel in den Sinn. Schließlich hat er mich komplett allein gelassen. Aber die Neugierde siegt, ich möchte ihn als Menschen gerne kennenlernen.

Das Netz

Wo kommt die Materie für den Urknall her?«, tippe ich mit meinem Handy in die Suchleiste von »Tor« ein. In einem »Deep Web«-Forum diskutieren mehrere Wissenschaftler über die Materie des Urknalls.

Einer schreibt: »Es muss nach meiner Ansicht Neutrinos gegeben haben, die dann für die Materie-Antimaterie-Asymmetrie im Universum zuständig sind. Kurz gesagt, reine Energie, die zu Materie umgewandelt wurde während des Big Bang.«

Sind wir also alle nur Energie, die zu Materie wurde? Vielleicht ist der Tod dann unser eigener Urknall und verwandelt uns wieder zurück in reine Energie. Aber wie ist es so, einfach nur Energie zu sein? Spürt man da etwas, kann man sie messen, ist sie auf Lebewesen übertragbar?

Ich steigere mich immer weiter hinein, je weiter ich im Forum lese. Es macht mir Angst, Dinge und Zusammenhänge nicht zu verstehen, die mich betreffen. Das alles betrifft uns alle, ob wir wollen oder nicht. Meine größte Angst ist die ewige Wiederkehr. Wenn alles wieder genauso anfängt und nie aufhört, wenn wir sterben. Das löst Panik in mir aus. Ich muss aufpassen, mit was ich mich beschäftige und mit was besser nicht.

Nach dem Telefongespräch mit meinem Vater bin ich ganz besonders aufgewühlt und ängstlich. Er klang nett und wahrscheinlich ist er auch ein guter Mensch. Ich habe so viele Fragen an ihn. Wie es hier wohl weitergehen wird.

Die Aufnahme

»Wir holen dich um Punkt 20 Uhr ab«, haben sie gesagt. Ich habe mich in meinen feinsten und einzigen Anzug gezwängt und warte nun darauf, abgeholt zu werden.

Es klingelt an der Tür.

»Om Lenting, möchtest du in den Bund der Freimaurer aufgenommen werden?«

Völlig eingeschüchtert von den drei Personen da vor meiner Haustüre schluchze ich ein »Ja«.

Sie ziehen mir einen schwarzen Sack mit einer Kordel daran über den Kopf und schleifen mich zu ihrem Auto. Geflüster unter ihnen herrscht, als sie mich auf die Rücksitzbank des Wagens ablegen. Es ist finster und ich kann nicht einmal den Stoff vor meinen Augen sehen.

Als wir nach etwa 20 Minuten ankommen, zieht mich einer von ihnen aus dem Auto und führt mich eine Treppe mit sieben Stufen nach oben. Ich werde vor eine große hölzerne Tür geführt und mir werden Schuhe und Strümpfe ausgezogen. Von drinnen hört man ein lautes Klopfen und das Schreien einer Frauenstimme. Man zieht mich nach drinnen und lässt mich niederknien auf dem steinernen Boden. Die Türen schließen sich und man nimmt mir die Kopfbedeckung ab. Was ich sehe, lässt sich kaum in Worte fassen. Eine Frau ist auf einem Altar festgebunden. Sie stellen mich auf und platzieren mich vor dem Altar.

In dem Moment breche ich mitten während der Zeremonie zusammen.

Als ich wieder zu Bewusstsein komme, sehe ich Männer mit schwarzen Zylindern über mir. Sie richten mich wieder auf und stellen mich erneut vor den Altar.

»Schwöre bei dieser Jungfrau, die für die Jungfrau Maria steht, du wirst alle unsere Geheimnisse fest in dir verwahren und solltest du doch reden, wird es Konsequenzen haben.«

»Ja, ich schwöre«, spreche ich noch ganz benommen.

Der Meister erhebt sich von seinem Thron und kommt auf mich zu, mit einem goldenen Dolch in der Hand.

»Öffne dein Herz.«

Einer der anderen Anwesenden stellt sich vor mich und öffnet drei Knöpfe meines Hemds.

Der Meister stellt sich vor mich und setzt den Dolch am Brustbein an. Zwei tiefe Kratzer fügt er mir zu, die in ihrer Form an einen Zirkel erinnern. Das Blut tropft auf mein Hemd.

»Ich erkenne dich als meinen Bruder an!«, ruft er, legt den Dolch beiseite und küsst mich auf die linke, dann die rechte Wange.

Wieder im Wald

Sie ist mit mir in den Wald gegangen. Wir liegen da und beobachten die Sterne.

»Das sind wirklich viele Sterne.«

»Wusstest du, dass ein Stern nur eine Sonne ist, alles, was wir sehen, sind also Sonnen. Was wir nicht sehen, sind die vielen Planeten um die Sterne. Stell dir das mal vor, wie viele das wohl sind.«

»Weißt du, Patrick, wir hatten bis hierher schon eine schöne Zeit.«

»Ich genieße jede Minute mit dir, Anna.«

So nackt wir beide sind, stehe ich auf. Stelle mich vor ihre Füße und knie nieder. Meine Hände stütze ich auf ihren Beinen ab.

»Anna. Willst du meine Frau werden?«

Sie schreckt hoch. Steht ebenfalls auf und sagt:

»Komm mit.«

Der Altruist

In der Straßenbahn auf dem Weg zu meinem Vater muss ich viel nachdenken. Vielleicht hatte mein Vater seine Gründe, mich nicht zu sehen all die Jahre. Vielleicht steckt sogar ein altruistischer Grund dahinter. Vielleicht wollte er mich vor etwas schützen. Aber was sollte das sein? Vielleicht war ich ihm aber auch nur eine Bürde. Der Gedanke an eine altruistische Vorgehensweise lässt mich nicht los.

Gibt es das wirklich? Absolute Selbstlosigkeit. Wenn ich ein Geschenk schenke, tue ich das ja auch zu einem Teil nur für mich. Ich klopfe mir auf die Schulter, was für ein toller Kerl ich doch bin. Selbst wenn ich auf versteckte Weise etwas Gutes tue, so kann sich mein Ego daran laben. Ich glaube, die Erklärung ist eine andere, eine ganz triviale. Er hatte einfach keinen Bock auf ein Anhängsel.

An der Station »Alte Brücke« steige ich aus.

Schokocroissant

Als ich zum Café laufe, kommen mir Gedanken über die Gleichheit von Vätern und Söhnen. Was ich wohl alles von ihm habe, ohne es die ganze Zeit gewusst zu haben? Als ich mich dem Café nähere, sehe ich ihn schon dort sitzen. Er beißt gerade herzhaft in etwas Süßes, als ich mich ihm nähere.

»Hallo, Vater.«

»Hallo, mein Sohn, setz dich.«

Nach einer Weile stillen Schweigens kommt eine Kellnerin.

»Wissen Sie schon, was Sie möchten?«

»Ich nehme das Gleiche, das er hat, Kaffee mit Milch und ein Schokocroissant.«

Ich mustere sein Gesicht diesmal ganz genau. Er hat meine Augen, meine Nase und meinen Mund.

»Wir sehen uns sehr ähnlich«, unterbreche ich die Stille.

»Wohl wahr, nur deine Haare, die hast du von deiner Mutter.«

Die gestresste Kellnerin kommt und platziert mein Frühstück in Windeseile vor mir. Im Café sitzen viele weitere Gäste, hier und da ist ein genüssliches Lachen zu vernehmen.

»Also. Karten auf den Tisch, bitte. Warum bist du damals von uns gegangen?«

Er stellt die Kaffeetasse ab und verschränkt die Arme vor sich.

»Deine Mutter und ich … wir haben uns schon lange nicht mehr verstanden. Deine Mutter war sehr liebevoll zu dir und hat sich völlig für dein Wohl aufgeopfert. Da war nach der Geburt kein Platz mehr für mich frei. So wagte ich einen Neuanfang im Ausland.«

»Und warum hast du mich nie besucht?«

»Ich wollte, anfangs sehr oft sogar. Aber deine Mutter meinte, es würde dich zu durcheinander machen, wenn ich nur ab und zu erscheine.«

Lautes Gelächter von nebenan schallt durch den Raum.

»Ich verstehe das alles jetzt besser, es macht schon Sinn, wie du es gesagt hast. Nur hätte ich einen Vater wirklich gut gebrauchen können. Aber sei's drum. Vielleicht finden wir jetzt einen Weg, gut miteinander auszukommen. Sofern du das möchtest.«

Lieben

»Hast du schon mal jemand so richtig geliebt? So, dass du dich für sie umbringen würdest?«

Ich sehe sie an.

»Was soll das bringen, wenn ich sterbe und sie dann nicht haben kann.«

»Na ja, du tust es ›für‹ sie.«

»Ich bin hier mitten in der Nacht mit dir im Wald und habe dir gerade einen Heiratsantrag gemacht. Ich denke, das ist ein guter Anfang, oder?«

Patrick macht einen kleinen Sprung, als sie unter einem Baum hindurchlaufen, und schnappt sich einen Apfel.

Der Tag bricht langsam an und die Vögel sind die ersten, die es von den Bäumen rufen.

»Ja, Patrick. Ja, ich will dich heiraten.«

Beide fallen wir uns in die Arme und halten uns einfach nur ganz fest.

Heulen

Als wir im Morgengrauen endlich zu ihrer Wohnung zurückgekehrt sind, legen wir uns beide mitsamt Klamotten ins Bett und ziehen uns die Decken bis zum Hals. Zur Seite des jeweils anderen gedreht schauen wir uns einfach nur an. Plötzlich weint sie aus dem Nichts heraus. Tränen kullern ihr Gesicht herunter und sie schluchzt. Ich liebe Anna so sehr, dass ich es nicht ertrage, wenn sie weint. Auch mir kullern nun langsam die Tränen aus den Augen.

»Warum weinst du?«

»Ich weine, weil ich dich so sehr liebe, und du?«, entgegnet Anna mir.

»Weinen, weil man sich so sehr liebt, ja, das trifft es am besten, warum auch ich weine.«

Als ich das ausgesprochen habe, müssen wir beide lachen. Erst ganz leise und dann immer lauter.

»Wir sind jetzt miteinander verlobt«, mache ich ihr begreiflich.

Unter der Decke halten wir beide Hände zusammen. Sie legt ihr Bein auf meines und wir schlafen schnell ein. Nichts kann uns trennen, weder im Leben noch im Schlaf.

Brutale Wahrheiten

Anna und ich haben uns im bekanntesten Biergarten der Stadt verabredet. Ich stoße mit ihr an und frage sie:

»Wie viel Wahrheit verträgst du?«

»Was meinst du damit?«

»Na ja, ich möchte die tiefste Zuneigung mit dir teilen, dazu gehört auch, sich alles zu erzählen, und da tauchen Wahrheiten aus der Vergangenheit auf, die für den anderen vielleicht unangenehm sind.«

»Das will ich auch und ich bin bereit, alles zu ertragen, was da kommt.«

Ich schaue ihr tief in die Augen und sage dann:

»Etwas nicht sagen ist eine Lüge. Das muss unser Grundsatz sein. Nicht nur die Unwahrheit sagen ist unehrlich, sondern auch etwas, das da ist, zu verschweigen.«

Ich nippe an meinem Glas, stelle es ab und fange an ihren Arm zu streicheln.

»Sag mir einfach alles, egal, was es ist. Ich möchte alles mit dir teilen.«

Zusehen

Als ich etwa 21 war, habe ich meiner Oma beim Sterben zugeschaut. Sie lag schon seit Tagen nur noch im Bett und fast immer auf dem Rücken. Ihr Gesicht hatte ein weißes Dreieck und ihr Mund war immer offen und sie schnappte wie ein Fisch auf Land nach Luft. Abwechselnd hielten wir Wache in der Familie. Als sie dann letztendlich gestorben ist, war keiner bei ihr, denn es war mitten in der Nacht. Ich fand sie am nächsten Morgen tot in ihrem Bettchen. Sie sah so friedlich aus. Ich werde das Zusehen beim Sterben nie vergessen.

Einfaches Leben

»Pass auf, dass er nicht abstürzt!«, ruft mir Anna zu, denn gestern hatten wir uns für heute zum Drachensteigen verabredet.

»Ich pass' schon auf.«

»Gib mehr Schnur, gib mehr Schnur!«

Krachend stürzt er zu Boden und wir beide setzen uns aus Frust gleich daneben auf den Boden. Es ist heiß und der Boden ist durch den ausbleibenden Regen stark vertrocknet. Der Wind hier oben auf dem Hügel ist wie ein heißer Föhn, der einem auf die Backen schlägt.

Früher waren die Sommer anders, es gab noch keinen Klimawandel. Die Temperaturen im Sommer waren erträglich. Heute ist das anders. Es hat schon seit Wochen nicht mehr geregnet und wenn es dann einmal regnet, dann verbunden mit einem Sturm.

»Jetzt bist du dran, ich halte den Drachen und du rennst los«, sage ich zu Anna.

Sie nimmt die Schnur, wickelt sie noch etwas kürzer und fängt an zu zählen.

»Eins, zwei, drei!«, und sie läuft los mit einem watschelnden Gang, dass ich mir das Lachen nicht verkneifen kann.

Der Drache steigt und schwingt damit in beide Richtungen aus. Er pendelt von links nach rechts, bis er schließlich auf dem Boden zu Bruch geht.

»Ich denke, das war's wohl mit Drachensteigen für heute«, sagt sie mit breitem Grinsen und läuft auf mich zu. Sie umarmt mich ganz fest und küsst mich auf den Mund. Als wir zum Auto zurücklaufen, gesteht sie mir etwas.

»Ich hatte etwas mit einem anderen.«

Ich sehe sie entgeistert an und ein kalter Schock vibriert durch meinen Körper.

»Ich meine, vor dir«, fügt sie anschließend hinzu.

»Du meintest doch, wir sollen brutal ehrlich zueinander sein. Du bist mein zweiter Mann, wenn man so will.«

Weltformel

»Kenne ich Sie?«

Der ganze Hörsaal schaut auf mich.

Vor gut zwei Stunden habe ich mich in diesen Hörsaal geschlichen, an der Fakultät für Physik und Astronomie. Leider habe ich nie studiert. Aber ich wollte doch unbedingt mehr über die wichtigsten Fragen des Universums lernen.

»Mein Name ist Om. Ich weiß nicht, ob sie mich kennen, aber ich möchte die Frage noch mal wiederholen. Ist es möglich, eine alles umfassende Weltformel zu finden?«

Der Professor schaut mich fragend an, während sich einige meiner temporären Kommilitonen wieder nach vorne drehen.

»Irgendwann wird mal ein kluger Kopf eine Formel entwickeln, die alles im Universum beschreibt, da bin ich mir sicher. Doch bis dahin sollten wir uns weiter dem aktuellen Thema der heutigen Stunde widmen. Also bitte keine Zwischenrufe mehr, die mit dem Stoff gerade nichts zu tun haben.«

Er zieht sich mit beiden Händen an seinem gemusterten Tweedjackett nach vorne, kehrt mir den Rücken zu und fängt an zu reden.

»In der Neutrinoastronomie befassen wir uns mit dem Nachweis der aus dem Weltraum kommenden Neutrinos. Diese Elementarteilchen entstehen vornehmlich bei einer Kernreaktion im Innern eines Sterns. In unserer Sonne werden so 1,8 · 1 038 Neutrinos pro Sekunde freigesetzt. Wer kann mir die Herleitung aufgrund der vorhandenen Masse mitteilen?«

Nach dieser Rüge stehe ich auf und schlängle mich die Reihe neben mir raus. Als ich zur Tür komme, schlägt mir eine Hand am Bein entgegen. Ein junges Mädchen sieht mich an und lacht.

»Du bist hier nicht eingeschrieben, oder?«, flüstert sie.
»Nein. Ich bin nur neugierig«, flüstere ich zurück.

Sie steht auf und sagt: »Geh'n wir.«

Dann folgt sie mir aus dem Saal und spricht erneut.
»Ich mag diesen Professor nicht, er ist irgendwie arrogant. Du bist irgendwie interessant. Schleichst dich einfach in einen Hörsaal und fragst die physikalischste Frage aller Fragen. Hier ist meine Nummer.«

Sie schiebt mir einen kleinen Fetzen Papier zu und verschwindet wieder nach drinnen.

Apathie-Party

Schon seit zwei Wochen war ich nicht mehr draußen. Habe mich in meine dunkle Höhle verkrochen, wo ich auch bleibe. Nur zur Toilette verlasse ich mein warmes Bett. Meine Tabletten nehme ich schon lange nicht mehr. Neben meinem Bett stapeln sich die Teller mit Resten von Ravioli und Pizza.

»Ich will sterben«, flüstere ich mir leise zu.

Ich schaue zur Decke hoch und zähle die Furchen der Raufasertapete. All diese Gedanken, ich ertrage sie nicht länger. Mein Handy leuchtet auf.

»Hallo, Om,
du antwortest mir nicht auf meine Nachrichten, habe ich etwas falsch gemacht oder möchtest du den Kontakt abbrechen? Soll ich vorbeikommen? Schreib mir doch bitte zurück.
Liebe Grüße,
Papa«

Vaters Freude

Nachdem ich mit meinem Vater eine längere Korrespondenz via Whatsapp hatte, ist er noch am selben Abend zu mir gekommen. Im Augenblick wäscht er meine Wäsche, die schon seit Wochen überall in der Wohnung verstreut liegt. Gestern ging er sogar für mich einkaufen und hat mir neben richtigem Essen auch Schokolade mitgebracht.

Er kommt ins Zimmer und beugt sich über mich.

»Hier. Deine Tabletten.«

»Danke, dass du dafür gesorgt hast, dass ich sie wieder nehme. Und danke, dass du da bist für mich«, bringe ich ihm schluchzend entgegen.

Er setzt sich auf meine Bettkante und fängt an zu erzählen.

»Damals, als deine Mutter und ich … als wir uns getrennt haben, da ging es mir ähnlich. Ich lag nur im Bett und konnte nichts tun, rein gar nichts. Neben schlafen habe ich nur gesoffen. Rotwein vor allem. Mir war alles egal. Auch ich wollte damals einfach nur sterben und endlich Frieden finden.«

»Wie bist du da wieder rausgekommen?«, frage ich ihn.

»Na ja, ich bin einfach aufgestanden und habe mir gesagt: Mach weiter, noch ein Stück weiter. So schleppte ich mich von Situation zu Situation. Erst aus dem Bett, dann aus der Wohnung. Jeder weitere Schritt in meinem Leben war ein harter Kampf mit mir selbst. Doch nun bin ich hier und mir geht es gut. Ehrlich gesagt weiß ich gar nicht mehr, ab wann es mir dann wirklich wieder gut ging. Aber heute tut es das auf jeden Fall.«

Er macht eine Pause, legt die Hand auf meine Schulter und sagt:

»Ich putze jetzt noch dein Bad. Danach leg' ich mich auch ein bisschen hin bei dir. Die Couch im Wohnzimmer genügt mir als Refugium, solange ich bei dir bin.«

So etwas habe ich selbst noch nie erlebt. Mein Vater, der so lange weg war, kümmert sich um mich und es scheint ihm sogar Freude zu bereiten.

Ein Zug

Ich gehe ins Bad. Da lacht mich plötzlich eine quietschpinke Handzahnbürste an. Sie steht da in einem weißen Becher gleich neben meiner Zahnbürste. Ist das der Start ihres Einzugs bei mir, frage ich mich. Okay, schließlich sind wir verlobt, aber so schleichend einziehen ohne mir etwas zu sagen? Nichts ahnend putze ich mir die Zähne, um dann aus dem Kleiderschrank ein frisches Hemd zu holen. Da hängt es. Das schwarze Kleid von Anna, gleich neben meinen Hemden.

»Was macht sie da, was hat sie vor?«, murmle ich vor mich hin.

Auf dem Weg ins Wohnzimmer fällt mir ein Teddybär ins Auge. Der wohl auf meiner Couch gerade seinen Mittagsschlaf hält und auch Anna gehört.

Sie zieht wohl wirklich still und heimlich bei mir ein. Ich mache mir einen Kaffee und marschiere los zur Arbeit. Auf halbem Weg kommt mir Linda entgegen.

»Hey, Patrick, lange nicht gesehen.«

»Ja, das stimmt.«

»Was gibt es Neues bei dir?«, fragt sie, während sie mir ihren Zeigefinger in den Bauch bohrt.

Soll ich ihr von Anna erzählen, geht es mir durch den Kopf.

»Ich bin verlobt«, schießt es aus mir heraus.

Sie sieht mich nur mit großen Augen an und sagt dann:

»Wow, das ist eine echte Überraschung. Glückwunsch. Ich denke, dann wird alles ganz schnell gehen mit Heiraten und

Kinderkriegen und du wirst der gleiche Spießer wie all die anderen werden.«

Ich lächle nur und schaue auf die Uhr.

»Ich muss los, meine Schicht fängt gleich an.«

Völlig unerwartet verabschiedet sich Linda mit einem Kuss auf meine Backe. Sie riecht wunderbar, als sie mir so nahe kommt.

Fegefeuer

Geschlagen habe ich sie. Erst einmal. Dann zweimal. Ich erinnere mich noch genau, wie ich auf ihrem Oberkörper saß und sie brutal schlug.

»Schlag mich!«, hatte sie gerufen. Sie wollte tatsächlich, dass ich ihr wehtue, während wir Sex hatten. Ich glitt in ihren Arsch und schlug sie von hinten aufs Ohr.

Einer anderen – ihr Name war Sofia – habe ich ins Gesicht gespritzt. Sie war bildschön und zart und leicht. Sie saß auf Knien und lutschte mir an meinem Schwanz herum. Bevor ich kam, zog ich ihn raus und dann ist es passiert.

Mit Anna würde ich so etwas niemals machen. Ich glaube, ich komme so schon in die Hölle für das, was ich mit anderen Frauen alles angestellt habe. Vielleicht sollte ich doch mal in die Kirche gehen und um Vergebung bitten.

Wenn was fehlt

Sie schließt die Autotür.

»Was hast du vor, warum gehen wir zurück an die gleiche Waldstelle?«, fragt sie mich, während sie ums Auto herumläuft.

»Das hast du richtig erkannt, wir gehen sogar genau dorthin, wo ich dir einen Antrag gemacht habe.«

»Warum?«

»Sei nicht so neugierig«, wimmle ich sie ab.

Wir gehen entlang der Straße, die sich zu einem schotterigen Waldweg verjüngt. Vorbei an den Apfelbäumen, die in voller Reife stehen, hin zu der Stelle, an der ich um ihre Hand angehalten habe. Ich gehe auf meine Knie und nehme ihre Hand in meine Hände.

»Was tust du da, wir sind doch schon verlobt?«

Ohne ihr zu antworten, greife ich in meine rechte Hosentasche und ziehe ein schwarzes Samtkästchen hervor.

»Es fehlte noch was.«

Ohne auf ihre Antwort zu warten ziehe ich den Ring aus der Lade und schiebe ihn ihr über den linken Ringfinger.

»Jetzt ist es perfekt.«

Familienbande

Heute bin ich zu Besuch bei meinem neu erworbenen Vater. Als er die Tür öffnet, kommt mir schon der Bratenduft entgegen.

»Komm rein, wir warten schon alle auf dich.«

Wir gehen einen schmalen dunklen Gang entlang, der in einem Foyer aus gemauerten Natursteinen mündet. Am Esstisch sitzt eine Frau mit rot gelockten Haaren und ein schmächtiger Teenager, der an seinem Handy spielt.

»Das ist meine Frau, Klara. Klara, das ist mein Sohn, Om.«

Wir geben uns die Hand und sie begrüßt mich herzlich mit einer Umarmung.

»Hallo, Om, ich habe schon sehr viel von dir gehört. Willkommen in unserer Familie.«

Der schmächtige Junge stellt sich vor mich hin und schiebt dabei sein Handy in die Tasche. Er ist doch größer als auf den ersten Blick gedacht. Auch er umarmt mich, klopft mir auf die Schulter und spricht dann:

»Ich bin dein Halbbruder, Max. Freut mich dich kennenzulernen.«

»Neben deinem Vater ist noch ein Platz frei«, ruft mir die Frau zu.

Auf dem Tisch steht eine Gans mit vielen Beilagen.

Klarschiff

Mein Entschluss steht fest. Ich werde meinem Leben ein Ende bereiten. Schon sehr bald.

Aus meiner Erinnerungskiste nehme ich alles heraus und kippe es in den großen Papierkorb in der Küche.

Meinen Personalausweis lege ich gut sichtbar auf den Küchentisch, sodass mein Vater ihn auch gleich findet.

Alles, was ich an Arztberichten rumfliegen habe, werfe ich in den Müll.

Im Schlafzimmer räume ich das dreckige Geschirr weg und mache mein Bett, was ich eigentlich nie tue.

Den Wohnungsschlüssel stecke ich von außen in die Tür, hier im Haus wird sowieso nie etwas geklaut.

Dann schreibe ich eine Nachricht an meinen Vater, sende sie aber noch nicht ab.

»Hallo, Papa,
komm bitte vorbei, der Schlüssel steckt. Du findest mich tot im Badezimmer. Es tut mir leid.
Dein Sohn, Om.«

Alles muss perfekt vorbereitet sein für meinen Abgang von dieser Welt.

Annas Vorlieben

Sie sitzt auf mir und reitet meinen Schwanz. Ich sehe zu, wie sie ihren Po nach oben und langsam nach unten bewegt. Dabei stöhnt sie leise vor sich hin bei jeder ihrer Bewegungen, was mich noch mehr anmacht und mein Glied weiter anschwellen lässt. Das geht jetzt schon seit einer guten halben Stunde so und sie denkt nicht daran, damit aufzuhören. Ihre Hände liegen auf meiner Brust und den Kopf hat sie leicht nach hinten geneigt. Körperflüssigkeiten laufen an meinem Glied herunter, die sie immer wieder aufsammelt, wenn sie nach unten geht.

»So geil«, gibt sie von sich.

Ich nehme die Hände zu ihren beiden Pobacken, spreize ihren Arsch auseinander und drücke ihn gemeinsam mit ihrer Bewegung bis nach ganz unten.

»Das gefällt dir, oder?«

Sie schluchzt und stöhnt nun lauter.

Vergangenheit und Zukunft

Schweißgebadet erwache ich, neben mir liegt Anna und schläft noch. Ich gehe in die Küche, um zwei Kaffee zu machen. Was war das für ein Albtraum, frage ich mich selbst.

Zurück im Schlafzimmer wecke ich Anna mit ihrer Tasse Kaffee.

»Warum bist du so verschwitzt und schaust so grimmig? Was ist los?«, murmelt sie mir schlaftrunken zu.

»Ich hatte einen Albtraum.«

Sie sieht mich fragend an.

»Willst du mir davon erzählen?«

Ich lege mich zu ihr ins Bett, schlürfe an meinem Kaffee und beginne zu erzählen.

»Mein Traum handelte von meiner Kindheit, als ich im Heim war. Zu den Betreuern hatte ich nie ein gutes Verhältnis und die anderen Kinder haben mich oft gemobbt. Eine richtige Familie hatte ich ja nie.«

Pause.

»Wie soll ich da je ein guter Vater sein?«

»Ach, Patrick. Einen guten Vater machen so viele Dinge aus. Das ist menschenabhängig.«

»Ja. Ich hatte nur eben diesen Albtraum aus meiner Kindheit und das hat mich zum Nachdenken gebracht.«

In einem Zug trinke ich meinen Kaffee. Stelle meine Lieblingstasse beiseite und gebe Anna einen Kuss auf die Stirn.

Am See

Es ist August und der Tag neigt sich dem Ende zu. Ich sitze mit Anna auf einem Steg am See. Unsere Beine lassen wir zur Kühlung im Wasser baumeln. Um uns ist es still.

»Wie denkst du über unsere Zukunft, Patrick? Ich meine, was ist, wenn wir älter werden? Ich habe Angst vor dem Altern.«

»Ich auch«, erwidere ich.

»Wenn wir einmal Kinder haben, dann werden sie schnell erwachsen und irgendwann werden sie flügge werden. Dann gibt es nur noch uns zwei.«

»Aber Anna, du musst dir vorstellen, wir sind gerade einmal Anfang 20. Das ist das Leben, dass wir älter werden und sich unser Leben auch mehrfach verändern wird.«

Im Hintergrund sind Kinderstimmen zu hören und die Sonne ist schon fast ganz untergegangen. Ich stehe auf und ziehe mir meine Klamotten vom Leib, um dann mit einem beschwingten Kopfsprung in den See zu hüpfen.

»Komm mit rein, es ist wunderbar warm.«

Sie folgt mir und klettert vorwärts den Steg hinunter.

»Ich wollte schon immer mal mit dir Nacktbaden gehen.«

Wir schwimmen aufeinander zu und umarmen uns im Wasser ganz fest. Auf einem Stein unter mir habe ich Halt gefunden. So trage ich nun unser beider Gewicht im herrlich warmen Wasser und in tief umschlungener Umarmung.

Alte Freunde

»Kannst du mich heute vielleicht besuchen kommen?«, habe ich Anita am Telefon gefragt. Das ist nun zwei Stunden her und nun sitzt sie da mit mir auf meinem Sofa.

»Warte hier kurz, ich habe noch was für dich.«

Aus der Küche hole ich einen Strauß mit bunt gemischten Blumen, den ich ihr überreiche.

»Oh, danke Om, für was ist der denn?«

»Einfach so, weil du meine beste Freundin bist.«

»Ich komme dich immer gern besuchen, ich mag unsere Unterhaltungen sehr. Besonders deine eigenwillige Denkweise, du kleiner Sturkopf.«

»Eigenwillig, ja, aber bin ich denn ein Sturkopf?«, gebe ich fragend zurück.

»Na ja, du bist immer der festen Überzeugung, dass dein Gedanke der einzig richtige ist. Zum Beispiel, wenn es um den Tod geht. Was ist, wenn alles einfach sehr friedlich wird und du vor nichts Angst haben musst, Om?«

»Siehst du, Anita, das mag ich an dir. Du warst immer ehrlich zu mir.«

Das Ganze fühlt sich an wie ein Abschied, aber das soll es ja auch. Schließlich möchte ich mich von Anita verabschieden. Für immer. Denn ich werde bald weg sein.

Verschweißt

»Lust auf einen Spaziergang?«

»Wir können ja an unserem Lieblingswaldstück vorbeilaufen.«

Entlang der bekannten Route laufen wir Hand in Hand zu dem Ort, an dem wir uns für uns entschieden haben.

Wir drücken unsere Hände ganz fest, unsere Hände sind miteinander verschweißt.

Sie fühlt sich so gut an, ihre Haut auf meiner.

Astronauten

Die Erde bewegt sich nicht nur um sich selbst und um die Sonne, sondern gemeinsam mit dem gesamten Sonnensystem driftet die Galaxie jedes Jahr Millionen Kilometer hinaus ins Universum. Die gesamte Galaxie ist ein Raumschiff und wir sind an Bord. Jeder von uns ist ein Astronaut. Das bedeutet, nach einem Jahr sind wir so weit ins Universum gereist, dass der ursprüngliche Ort gar nicht mehr zu sehen wäre. Wir halten unseren Planeten immer für sehr statisch, doch das ist er nicht. Es ist ein blaues Raumschiff, und wir als seine Astronauten auf ihm. Ich beschäftige mich viel mit solchem Wissen, um die Welt etwas besser verstehen zu können.

Süße Träume

»Wie stellst du dir unsere Hochzeit vor?«, frage ich Anna.

»Eine einfache Hochzeit, nur wir und unsere Eltern und vielleicht zwei der besten Freunde. Nach der Trauung sitzen wir einfach gemütlich zusammen und quatschen ein bisschen. Leckeres Essen gibt es dann immer zwischendurch. Aber eher so Hausmannskost, nichts Abgehobenes.«

»So einfach bist du, Anna? Das hätte ich dir gar nicht zugetraut.«

»Lass uns etwas ganz Lockeres daraus machen. Keine Spiele und keine Aktionen. Einfach einen gemütlichen Nachmittag«, fährt sie fort.

Muttergefühle

Heute wäre der Geburtstag meiner Mutter. Sie gab mir auch meinen ungewöhnlichen Namen »Om«. Schon Jahre vor ihrem Tod hatten wir keinen Kontakt mehr zueinander. Sie zog mich auf und half mir in meinen schwersten Zeiten. Doch irgendwann konnte sie nicht mehr. Sie ging bei allem, was mich anging, durch die Decke und war schwer nachtragend. Ich glaube, meine psychische Instabilität kostete sie all ihre Kraft.

Einmal hat Mama mich als Kind hochgehoben und gesagt: »Du wirst mal etwas ganz Besonderes, mein Kind.«

Wie recht sie doch hatte. Aus mir wurde ein Sonderfall. Ein ganz besonderer Sonderfall, der seinesgleichen sucht.

Ich vermisse diese kindliche Geborgenheit, als meine Eltern noch zusammen waren und wir einfach nur geliebt wurden. Zu meinem Bruder habe ich heute auch keinen Kontakt mehr. Er ist in die Staaten, um sich ein neues Leben aufzubauen. Seit fünf Jahren schon habe ich ihn nicht mehr gesehen. Aber ich war immer Mamas Liebling – und Mamas Sorgenkind.

Fellatio

»Was war der beste Sex, den du je hattest?«, fragt mich Anna, die neben mir ihre Limonade schlürft.

»Ganz ehrlich? Brutale Wahrheit?«

»Brutale Wahrheit.«

»Ich hatte ein junges Mädchen kennengelernt und mich bei ihr verabredet. Ihr Name war Jessica. Sie hatte ein tolles Gesicht mit großen Lippen und großen braunen Augen. Wir lagen zusammen in ihrem Bett und sie sagte, sie möchte mir gerne einen blasen. Sie ›hätte hier Erfahrung‹, meinte sie. Ich ließ sie gewähren und zog meine Hose aus. Sie küsste ihn und strich ihn sich über die Wangen. Ich glaube, es vergingen fünf Minuten, bis sie ihn dann in den Mund nahm. Sie war so vorsichtig und zärtlich, dass ich auch sofort gekommen bin. Es war, als würde ein Engel mein Glied im Mund hin- und herschieben. Das war mein bester Sex.«

Sie sieht mich bittend an und sagt dann:

»Magst du mir das beibringen?«

»Lieber nicht. Ich persönlich finde, so ein Oralverkehr hat etwas Demütigendes. Etwas, das die Frau meiner zukünftigen Kinder besser nicht machen sollte. Das mag sich komisch anhören, ich weiß, aber so ticke ich nun mal.«

Luzider Traum

Im Traum habe ich ein Mädchen kennengelernt. Ihr Name ist Anna. Sie schien ganz nett zu sein und ich war im Traum schwer verliebt in sie. Der kleine Om hatte noch nie eine echte Freundin, doch jetzt, jetzt habe ich eine, die ist traumhaft. Im wahrsten Sinne des Wortes.

Im Traum kann ich mich schon trainieren, bestimmte Handlungen zu tun. Das nennt sich luzides Träumen. Ich schlafe, kann aber kontrollieren, was passiert, und so lebe ich fast schon ein eigenständiges Leben in meiner Welt des Schlafes.

Anna ist aber nicht die Einzige, von der ich nachts träume, zuvor gab es auch noch andere Frauen.

Luzide Träume werden auch Klarträume genannt, weil man die Klarheit darüber besitzt, dass man träumt. Wenn ich träume, dann stellen sich all die Fragen über den Sinn des Lebens bei mir nicht, ich lebe einfach. Mein Leben sollte eigentlich so sein, wie meine Klarträume. Das perfekte Leben.

Bei Anna

Immer, wenn wir bei Anna zu Hause sind, haben wir Sex. Das ist schon fast zu einem Witz geworden, wenn wir uns fragen, wohin wir gehen, dann ist das eher die Frage nach »Sex« oder »kein Sex«. Gehen wir zu ihr, haben wir Sex. Gehen wir zu mir, haben wir eventuell Sex, aber eigentlich eher nicht.

Ich liebe es, mit Anna zu vögeln. Sex ist ein wichtiger Bestandteil einer guten Beziehung. Wenn wir Sex haben, dann besonders ausgiebig.

Sucht

»Sie nehmen ganz schön viele Benzodiazepine.« Ich sitze wieder Dr. Kopp gegenüber, der mit mir verhandeln möchte, ob und wann ich meine nächsten Benzos bekomme.

»Ich bin auch ein sehr kranker Mann. Ich habe schlimmste Angst- und Panikattacken«, erwidere ich ihm.

»Ja, schon, aber ich habe Ihnen erst letzte Woche eine volle Packung verschrieben und Sie wissen wie ich, wie süchtig Benzodiazepine machen können.«

Auf seinem Schreibtisch liegen Unmengen an Papieren, Mappen und Ordnern. Er ist bestimmt gerade mehr als überlastet.

»Hören Sie, Doktor, es geht mir wirklich nicht gut. Ich komme auf dumme Gedanken ohne Tavor.«

Er sieht mich mit weit aufgerissenen Augen an.
»Was für dumme Gedanken?«
»Mich umzubringen.«

Keiner sagt etwas.

Benzodiazepine sind stark beruhigende Mittel, alles wird durch sie egal. Ich nutze sie schon seit Jahren und ja, ich habe mich gesteigert in der Einnahme.

»Ich muss Sie einweisen, wenn Sie das zu mir sagen.«
»Doktor, ich habe Tag für Tag düstere Gedanken, die kaum zu ertragen sind. Wenn ich mich nicht selbst ab und zu sediere, dann werde ich verrückt. Ich bitte Sie, verschreiben Sie mir die Tabletten.«

»Wie war denn Ihre Hypnosesitzung, waren sie überhaupt da?«
»Ja, ich war dort. Es hat … Es hat mir die Augen geöffnet, was mein Grundproblem ist. Es hat mich aber nicht davon geheilt.«

Spätsommer

Der Sommer verging wie im Flug. Vor zwei Monaten haben wir uns das Ja-Wort gegeben. Nun ist es September und die Äste der Bäume in meiner Straße sind noch schwer beladen mit Blättern, die in vier Wochen alle abgefallen sein werden. Der Asphalt in meiner Straße ist heiß und findet keine Abkühlung.

Wir sind gemeinsam auf dem Weg in ein Auktionshaus. Schöne alte Dinge wollte sie sich einfach ansehen heute, hat sie gesagt. Nach ein paar Straßenzügen durch die Innenstadt werden wir fündig. Die Tür ist aus altem, mehrfach gestrichenem Holz, die Farbe blättert in kleinen Scheiben hier und da ab. Beim Öffnen der Tür erhellt eine Glocke, die über der Tür angebracht ist, den Laden. Drinnen ist es schön kühl. Ein verwinkeltes Abenteuerland aus vielen kleinen und großen unbekannten Dingen wartet auf uns. Auf einem Marmorsockel steht eine alte hölzerne Standuhr. Wir gehen an ihr vorbei zu einer Theke mit vielen kleinen Schätzen.

»Wie findest du das?«

Anna hebt ein ledernes Portemonnaie auf und zeigt es mir. Es ist braun mit einer deutlichen Patina auf dem faltigen Leder und dem Knopfverschluss, der den Inhalt zusammenhält.

»Wenn du nur Geld dabei hast, ist das schön.«

»Wie alt ist das?«, fragt Anna die Verkäuferin.

»Das ist um 1900 bis 1910 entstanden.«

»Oh, ich mag so alte Sachen, die schon durch viele Hände gingen.«

Nachdem sich die Verkäuferin und Anna über den Preis einig sind, nimmt sie es auch gleich mit.

Wieder draußen angekommen frage ich sie, ob wir ein Eis zusammen kaufen wollen. Sie bejaht das und wir gehen einige Schritte weiter zu einem italienischen Eisstand, der halb auf dem Gehweg seinen Wagen platziert hat.

Wutausbruch

»Verdammt, spinnst du völlig?!«, schreie ich Anna an.
»Was hab' ich denn angestellt?«

Anna hatte gestern Abend mein Handy zum Spielen benutzt und dann auf die Herdplatte gelegt, die noch warm war.

»Du hast es kaputt gemacht. Scheiße, echt! Du bist so dumm!«

Es vergeht etwa eine halbe Stunde an Zeit, bis wir wieder miteinander sprechen. Das ist unser erster richtiger Streit.

»Es tut mir leid um dein Handy.«

»Ist schon okay. Mir tut es leid, dich so angefahren zu haben.«

»Patrick, wir werden sicher noch sehr viel öfter streiten in unserem Leben, doch wir müssen lernen, mit Wutausbrüchen des anderen zurechtzukommen. Bitte sag nie wieder, dass ich dumm sei.«

»Ich bin selbst schockiert, was ich da vorhin zu dir gesagt habe«, gebe ich kleinlaut zu.

Es war eine Zäsur, sie so zu beschimpfen, wo es doch keine Absicht war. Ich fühle mich schlecht und habe Angst, etwas davon könnte an unserer Beziehung haften bleiben.

Zeitgeist

Wie verrückt ist die Zeit. Begreife jemand die Gegenwart. Gerade ist sie hier, dann hüpft sie schon weiter. Wenn man ganz bewusst über die Zeit nachdenkt, dann wird man wahnsinnig. Ich denke oft über die Zeit nach. Führt sie nur in eine Richtung oder kann man an der Zeitleiter rauf- und runterklettern? Auch, wie unterschiedlich schnell sie vergeht. Denn wenn ich schlafe, vergehen neun Stunden wie eine Stunde. Wenn ich etwas Anstrengendes mache, dann vergeht sie einfach nicht. Sie tickt unaufhörlich weiter und nimmt auf nichts und niemanden Rücksicht. Was ist Zeit überhaupt? Ich kann mich schnell und ich kann mich langsam bewegen. Aber die Zeit bleibt dabei konstant. Man kann leicht verrückt werden bei dem bewussten Gedanken an die Zeit.

Wäre ich 20 Jahre früher geboren, wäre ich heute über 40 Jahre alt. Ist meine Gegenwart dann die gleiche wie die eines 25-Jährigen, der heute lebt? Lebt man nur in der gleichen Zeit, wenn man das gleiche Alter hat? Ist vielleicht deine Gegenwart eine andere als meine und liegt in meiner Zukunft oder Vergangenheit?

Mein Geist ist müde.

Die Zeit heilt alle Wunden, heißt es. Doch bei mir ist die Zeit selbst eine Wunde. Wie viel Zeit bleibt mir noch auf diesem Planeten? Nicht mehr viel, habe ich für mich beschlossen.

Ich werde dem Elend bald ein Ende bereiten.

Kontrahentin

Als Anna mich auf meinem Arbeitsweg ein Stück begleitet, da passiert es. Sie treffen sich. Anna und Linda. Linda mustert sie von oben bis unten und gibt dann ein kurzes »Hi« in meine Richtung von sich.

Ich verabschiede mich von Anna mit einem Kuss, einer Umarmung und einer handwinkenden Geste. Als meine Schicht gerade beginnt, kommt Linda auf mich zu.

»Deine Freundin schaut aus wie ein Bauerntölpel.«

»Hör auf, so über die Liebe meines Lebens zu reden.«

»Ohhh, die Liebe deines Lebens. Ist sie denn genauso gut im Bett wie ich? Das bezweifle ich.«

»Sex ist nicht alles«, wimmle ich sie ab.

Als sie weiter ihre Arbeit verrichtet, sehe ich, wie Linda in der Hocke sitzend einen Tisch abwischt. Sie sieht sehr sexy aus und ich glaube, diese Pose tut sie nur für mich. Ich fühle mich schlecht, Linda sexuell noch immer anziehend zu finden. Aber so ist der Mensch wohl. Vor allem der Mann. Triebgesteuert bis zum Ende. Ich wende mich von ihrem Körper ab und wasche ein paar Gläser aus.

»Zwei neue Bier«, wirft mir der erste und bisher einzige Kunde über den Tresen zu.

Spiele spielen

»Rate, an was ich gerade denke«, fragt Anna mich. »Schau mir tief in die Augen und rate.«

»Sex«, erwidere ich trocken.

»Du Blödmann, ich meine es ernst. Los, rate!«

Diesmal strenge ich mich wirklich an und schaue ihr tief in die Augen.

»An Kinder.«

Sie verfällt in schallendes Gelächter und rollt sich in Fötusstellung auf dem Bett zusammen.

»Du kannst wirklich Gedanken lesen, Patrick.«

Sie lacht weiter und spielt dann das Spiel erneut.

»Dieses Mal musst du dir was ausdenken und ich rate.«

Wir sehen uns erneut tief in die Augen und ich denke, ohne es zu wollen, an Sex mit Linda.

»Du denkst an Sex, richtig? Dann hast du immer diesen Blick drauf.«

Ich schrecke zusammen und sage »Ja«, ohne es ihr genauer zu erläutern.

Ich hasse mich. Warum habe ich jetzt nicht an Sex mit Anna gedacht? Manchmal kann ich meine Gedanken einfach nicht kontrollieren. Dafür schäme ich mich. Aber ich würde Anna nie betrügen, niemals.

Dunkelheit

Ich kann nicht einschlafen, steige in meine Schuhe und laufe los, im Schlafanzug nach draußen. Es ist fast drei Uhr nachts. Niemand ist in meiner Straße zu sehen. Ich laufe weiter, entlang der anderen Reihenhäuser und biege dann in die Schlossallee ab. Am Ende der Sackgasse beginnen die Schrebergärten der Siedlung. Ich laufe weiter in den unbeleuchteten Zufahrtsweg und bleibe vor einem der Gärten stehen. Die Tür scheint verriegelt, so klettere ich über das tief liegende Gartentürchen. Alles ist stockfinster und ich laufe auf Steinplatten an einer Laube vorbei. Hinein in den Nutzgarten. An Tomatensträuchern vorbei, klettere über Erdbeerstöcke und bleibe inmitten des Gartens stehen. Ich sehe nach oben in den sternenklaren Himmel und verweile in dieser Position.

Dann laufe ich weiter zum Ende des ersten Gartens, klettere über den Maschendrahtzaun in den zweiten und wandere dort umher. Meine Schuhe sind schwer von der Erde, die an ihnen haftet. In diesem Garten gibt es viel Wiese mit einer Schiffsschaukel für Kinder und einer Rutsche. Auf einem Gartenstuhl lasse ich mich nieder und beginne erneut den Himmel zu fixieren.

Hokuspokus

»Mach deinen Hosenknopf auf und dreh dich auf den Bauch«, weise ich Anna an.

Nun knie ich über ihr und ziehe ihre Hose bis unter den Po herunter.

»Du wolltest doch wissen, wie sich das angefühlt hat, mein bestes sexuelles Erlebnis. Ich zeige es dir auf andere Weise.«

Ich befeuchte meine Lippen und berühre mit ihnen sanft ihre rechte Pobacke. Gleite mit meinen feuchten Lippen über ihre Pospalte hin zur linken Pobacke. Dann küsse ich mit halb geöffneten Lippen auf dem gesamten Arsch herum. Ganz sanft und in sehr langsamem Tempo. Sie hat die Augen geschlossen und den Kopf zur Seite auf ihrem Arm platziert. Ich streichle ihre Haut mit meinen Fingernägeln, während ich sie weiter küsse.

»Das fühlt sich so schön an«, schluchzt sie.

Nun greife ich mir Teile ihres Pos mit der Hand und wölbe sie leicht nach oben, um diesen Teil dann zu küssen. Ich küsse sie immer näher hin zur Pofalte und schließlich gehe ich mit dem Kopf nach unten, um meine Zunge in ihre Muschi zu schieben. Dann höre ich abrupt auf, lege mich neben sie und schaue sie nur an.

»So hat sich das angefühlt, Anna.«

»Das war sehr schön und sehr erotisch. Ich glaube, ich weiß jetzt, was du meinst.«

Die Welt

Ich bin 25 Jahre alt geworden. Bis auf zwei Leute lasse ich niemanden auf dieser Welt zurück, der nach mir trauern wird. Verstanden habe ich die Welt und die Menschen nie. Ein Fremdling bin ich gewesen. Ein introvertierter Außenseiter, der mit all dem nie klar gekommen ist, was um ihn war. Diese Welt, das Leben, der Kosmos. Alles ist mein Mysterium geblieben.

Diesmal ziehe ich es durch. Es gibt keinen Weg zurück mehr. Das war's für mich.

Ich bin froh, doch noch meinen Vater kennengelernt zu haben, der zu einem kurzen Wegbegleiter für mich wurde.

Meine einzige Freundin war Anita. Durch sie habe ich absolute Selbstlosigkeit kennengelernt. Wir waren uns immer fremd und doch war sie für mich da.

Nichts wird diese Welt an mir missen. Ich bin einer von 7 Milliarden Menschen, die alle einmal gehen müssen.

Schläfrige Schwere legt sich über mich, als ich den Gedanken fasse. Für ein Nickerchen ist noch genug Zeit.

Waldnacht

Im Morgengrauen sind wir erwacht. Um uns ist der Wald. Heute Nacht habe ich sie gefragt, ob sie meine Frau werden möchte und sie hat »Ja« gesagt. Der Nebel liegt über den Wiesen um uns und unsere nackten Körper sind nass vom Tau des Morgens.

Die Sonne ist noch nicht ganz aufgegangen und wir machen uns auf. Ziehen unsere Kleidung wieder an und laufen barfuß mit den Schuhen in unseren Händen zurück über die Wiese und hindurch des Waldes dunkle Stille.

»Das war die schönste Nacht, die ich je hatte«, erklärt sie mir in ihrer liebevollen Art.

Zurück über das Laub von vielen Jahren, das unsere Fußsohlen kitzelt. Entlang des harten Feldweges hin zu einer Mauer, die unseren Weg kreuzt auf dem Weg zurück ins normale Leben.

»Sieh nur, die Sonne geht auf!«, rufe ich ihr zu.

Wir setzen uns auf diese Mauer und lassen unsere Beine trocknen, die durch das Barfußgehen nass geworden sind, während wir dem Schauspiel der Sonne frönen.

»Es fühlt sich alles so frisch an, geht es dir auch so, Patrick?«, spricht Anna aus.

»Ja, das war schon fast ein spirituelles Erlebnis, diese Nacht hier mit dir.«

Einige Vögel umkreisen uns, sie rufen die Sonne herbei und freuen sich auf einen neuen Tag voller Licht und Wärme. Ein Tag, der so schön ist wie jeder andere Tag in ihrem Leben.

»Etwas Derartiges habe ich noch nie gemacht. Danke, Patrick, für diese unvergesslichen Momente, die du mir geschenkt hast.«

Abschied

Im Darknet habe ich sie mir besorgt. Die Glock 9 Millimeter, mit der ich meinem Leben ein Ende setzen möchte. Nun sitze ich hier und halte mir die Pistole an die Schläfe. Zur Beruhigung habe ich mich samt Kleidung in die warme Badewanne gelegt. Musik von Bruce Springsteen läuft im Hintergrund. Ein letztes Mal noch träumen, bevor die Reise losgeht, in dieses unbekannte Land.

Patrick sitzt mit Anna auf der Mauer.

»So, was machen wir denn jetzt?«
»Geh'n wir zu mir?«

Er hüpft, ohne seine Hände zu benutzen, von der Mauer.

»Eine ausgezeichnete Idee.«

Epilog

Ich wollte Worte, die man fühlen kann.

Handlungsstrang

Patrick findet die Liebe seines Lebens in einer harmonischen Sommernacht im Wald.

Der intelligente und depressive Om sinniert über das Leben, den Tod und über die Realität von Träumen.

Er träumt Patrick.

Patrick hat wilden Sex mit Linda und einige Techtelmechtel mit anderen Frauen. Aber keine reizt ihn so wie Anna.

Als Om sich umbringt, findet er zu ihr in Gestalt von Patrick.

Vielschichtig in Gefühlen.
Vielschichtig in der Sprache.
Vielschichtig im Intellekt.
Vielschichtig in Kapiteln.
Vielschichtig in der Geschichte selbst.

Michael Werner alias Om Patrick

Anhang

Dieses Buch ist nicht von Om Patrick, sondern von Oms Patrick. Zwei Protagonisten – Om und Patrick. Patrick ist der egozentrische Aufreißer. Om der im Leben beeinträchtigte Träumer. Jeder ist abhängig vom jeweils anderen. Er lebt von den Träumen des anderen, existiert – von – ihnen.

Und doch auch nicht.

Der Autor

Om Patrick, der Autor von „feelschicht", wurde 1984 in Würzburg geboren. Nach seiner Schulzeit hat er sich für eine Ausbildung zum Mediengestalter für Digital- und Printmedien entschieden. Im Jahr 2007 – ein Jahr nach seiner Ausbildung – gründete er seine eigene Werbeagentur mit dem Namen „ideenfrische", welche er bis heute unter dem Schwerpunkt Onlinemarketing leitet. Durch sein großes Interesse am Lesen ist er zum Schreiben gekommen und beweist nun auch in diesem Bereich seine eigene, unkonventionelle Handschrift. In seiner Freizeit widmet er sich der Freimaurerei. Zudem baut er leidenschaftlich alte Motorräder aus den 80er Jahren zu sogenannten Cafe Racern um. Heute lebt er in Escherndorf und ist Vater von zwei Söhnen.